MUERTE DE ATLANTE

RAFAEL BALANZÁ

MUERTE DE ATLANTE

algaida

Diseño de cubierta: www.agustinescudero.com

Primera edición: 2024

Avda. San Francisco Javier, 22
41018 Sevilla
Teléfono 95 465 23 11. Telefax 95 465 62 54
e-mail: algaida@algaida.es
ISBN: 978-84-9189-889-4
D.L.: SE. 109-2024
Impreso en España-Printed in Spain

PAPEL DE FIBRA
CERTIFICADA

Índice

«Si la gente es tan mala, tal vez sea solo porque sufre, pero pasa mucho tiempo entre el momento en que han dejado de sufrir y aquel en que se vuelven un poco mejores».

Louis-Ferdinand Céline
Viaje al fin de la noche

«Los que hicieron el bien resucitarán para la vida; los que practicaron el mal resucitarán para el juicio».

Juan, 5:29

«¿Tienen los hombres una inteligencia tan íntegra como para juzgar quién es bueno y quién es malo?»

Boecio
La consolación de la filosofía

Destino del atlante

Pero un día mudará tu suerte
y las sombras ahogarán tus gozos,
trocarán las risas en sollozos
y el dolor te herirá en un instante,
como la noche envuelve al caminante
o la luna brilla en el pozo.

En la cúspide de su soberbia,
abate siempre
el destino al poderoso
y lo toma por sorpresa.

A ti también te arrancará
el hado una tarde
de tu sueño más hermoso.

Y te encontrará
(feliz, sonriente, orgulloso),
como la muerte
al atlante.

(Poema simbolista del siglo XIX, incorporado como cita liminar por Alejandro Brazzile en su distopía futurista *El secreto de los atlantes)*

Comunicación interna de la Dirección General de la Marina Mercante

Por la presente, comunicamos a los responsables del tráfico marítimo la notificación urgente remitida por Daniel Mira, capitán del buque polivalente Bóreas, con base operativa en el puerto de Santa Cruz de Tenerife, para informar a la autoridad sobre el deceso de uno de sus tripulantes.

La persona fallecida es Fernanda Ramírez Cuadrado. No estamos en condiciones de precisar las causas de la muerte, pero se nos informa de indicios presentes en el cuerpo que podrían inducir a descartar causas naturales. Al parecer, se da la circunstancia de que la tripulante fallecida, enfermera de profesión, era la única integrante del equipo con formación sanitaria.

Por la gravedad del suceso, el capitán ha activado el AIS y el Bóreas ha puesto rumbo al puerto de Tenerife con anticipación a la fecha fijada en el programa de navegación. La posición del barco en el momento de emitir el comunicado era la siguiente:

Buque Bóreas, 16 de mayo, jueves, océano Atlántico,
LAT 27° 26'.988 N
LON 39° 43'.596 O

Fecha estimada de arribada a puerto: 21 de mayo.

Solicitamos instrucciones sobre medidas cautelares y remitimos copia a la sala de lo penal del juzgado n.º 6 de Santa Cruz de Tenerife.

Noticia de prensa fechada el 17 de mayo de 2019

POSIBLE FEMINICIDIO EN ALTA MAR
Muere una enfermera española en un barco que regresaba de Las Bahamas

El capitán del Bóreas, barco contratado por una productora de televisión de nuestro país, comunicó ayer a la Dirección General de la Marina Mercante la muerte de una de las personas que integran la expedición. Según los datos disponibles se trataría de la enfermera Fernanda Ramírez, de 38 años, cuyo cuerpo fue encontrado sin vida ayer a primera hora, en su camarote, con aparentes signos de violencia. Si estas primeras impresiones se confirmasen, se trataría de un feminicidio, un nuevo caso de violencia de género ocurrido esta vez en alta mar, en el insólito marco de una expedición de investigación sufragada, al parecer, por una productora de televisión, para un canal especializado en documentales.

Las fuentes policiales consultadas indican que no es posible de momento especular sobre las causas de la muerte o aventurar el nombre de algún sospechoso. Por otra parte, parece evidente que, si finalmente se descartan las causas naturales o accidentales del fallecimiento de la enfermera Ramírez, los demás miembros de la tripulación pasarían automáticamente a formar parte de la lista de personas que investigar en relación con un presunto homicidio.

El Bóreas es un antiguo atunero reconvertido en buque polivalente que zarpó a principios de este mes del puerto de Santa Cruz de Tenerife con destino a las islas Bahamas para indagar posibles indicios de la existencia histórica de la Atlántida, tras el descubrimiento el año pasado de una formación piramidal submarina en un área situada a unas cincuenta millas náuticas al este del mencionado archipiélago. Cuando el buque zarpó, la tripulación constaba de seis miembros:

Fernanda Ramírez, enfermera especialista en medicina de buceo de profundidad.

Adrián Márquez, realizador de televisión y operador de cámara, 54 años.

Bernardo Cantero, mecánico y maquinista, 41.

Carlos Cámara, geólogo, historiador y buceador experto, 50.

Daniel Mira, capitán y piloto, 58.

Esperanza Lorente, bióloga marina y buceadora experta, 45.

Desayuno en el barco

(A)

Se había dormido inocente pensando en el cuerpo libre y elástico de Fernanda y acababa de despertar culpable, después de soñar con la eléctrica risa de Gabriela. Pero ¿cuál había sido el contenido del sueño, exactamente? Aunque no habrían transcurrido ni dos minutos, ahora ya no era capaz de recordarlo con precisión, solo a grandes rasgos, como el paisaje de un lienzo difuminado y roto. Se trataba de una excursión, eso sí estaba claro. Seguramente una escapada a algún lugar de la sierra de Gredos, cuando todavía no tenían hijos. Lo sabía porque los chiquillos no aparecían en ningún momento. Y se encontraban en un entorno con árboles. Hizo un esfuerzo por precisarlo. Un paraje de montaña, sí. De modo que debía evocar, supuso, uno de aquellos primeros fines de semana en que empezaron a salir juntos, a mediados de los noventa. Y luego pasaba algo que los sorprendía mucho. Un globo aerostático volaba demasiado cerca de sus cabezas entre las copas de los pinos y los obligaba a escapar corriendo; entre risas —porque encontraban el incidente divertido, no peligroso o amenazador— y entonces llegaban a un pantano que muy fácilmente se convertía en un mar extraño, irreal, como de leche aguada. No tardaban en navegarlo, aunque no recordara ningún momento preciso en que hubieran embarcado en aquella lancha.

Adrián se levantó de su estrecha cama y abrió el ojo de buey. No era nada raro, por supuesto, que el sueño se transformara en navegación, porque realmente acumulaban casi dos semanas en el océano, así que aquella deriva de su imaginación dormida había sido de lo más natural. Pero ¿por qué la culpa? Eso ya no era tan sencillo de explicar. Gabriela y él llevaban mucho tiempo separados, de modo que no tenía motivos para sentir vergüenza. Y, sin embargo, si se paraba a analizar las emociones que teñían su alma aquella brumosa mañana atlántica, esas eran precisamente las que predominaban: vergüenza, culpa. Se le ocurrió que lo peor, a medida que uno se adentraba en la vida, no era tanto sentirse culpable de algo en particular —¿quién llegaba a la cincuentena sin arrepentirse de buena parte de su pasado?— como tener la certeza constante de que podías muy bien ser castigado en cualquier momento y con independencia de tu historial. Pero lo más triste y lamentable era la turbia sensación de merecerlo, aunque no existiese proporción alguna entre el delito y la pena.

Miró a través del anillo metálico y vio un mar ligeramente encrespado que hacía oscilar la embarcación, tal y como podía percibir claramente en la vejiga —que pedía ser vaciada con urgencia—, en el interior de sus oídos y en todo el cuerpo. Miró la hora en el móvil. Pasaban unos minutos de las nueve. Los demás ya debían de estar despiertos. Recorrió con la vista el pequeño habitáculo, el escaso mobiliario, y se detuvo en el libro que había dejado la noche anterior sobre la repisa metálica atornillada al mamparo: *El secreto de los atlantes*. En verdad, no le apasionaban las obras de fantasía mitológica, pero tal vez pudiera sacar alguna idea útil para el documental y, en todo caso, le ayudaba a pasar el tiempo. Se vistió, se calzó y abandonó su camarote; luego fue hasta el aseo, al final del estrecho pasillo de la tripulación, y allí orinó y se lavó la cara y las manos. Las risas, las voces, el ruido de cubiertos y platos le llegó con claridad desde el entrepuente. Sí, ya estaban desayunando; no cabía la menor duda.

Subió por la escalerilla situada al principio del corredor y saludó a los demás, que le correspondieron sin gran entusiasmo; y entonces Carlos decidió improvisar una de sus desagradables comedias.

—¡Atención! —profirió—. El realizador está en cubierta... Detened el desayuno y la digestión o ateneos a las consecuencias, plebeyos.

—Eso es lo que tenéis que decir cuando subo yo —declaró Daniel, con su ronca voz de antiguo fumador mientras sacaba su corpachón de la diminuta cocina aneja al no mucho más grande compartimento principal del entrepuente que hacía las veces de comedor. Llevaba la cafetera grande en la mano y la colocó sobre el salvamanteles, en el centro de la redonda mesa atornillada al suelo que aparecía repleta de platos y tazas.

—Tú eres el patrón, vale —concedió Carlos—, pero solo él tiene el poder sobre la vida y la muerte de los tripulantes. —Y añadió, mirándolo ahora directamente, con ojos espantados—: ¿Has decidido esta noche a quién arrojarás hoy a los tiburones para animar la película? ¡Cuéntanos qué has visto en tu sueño! ¡Oh, portentoso documentalista!, ¿quién morirá primero?

—¿Me pasas la mermelada? —dijo Esperanza, con cara de aburrimiento o de hastío, señalando el tarro de confitura que Carlos sostenía en alto con la mano derecha mientras remataba la payasada haciendo un gesto con la otra que recordaba la pose solemne de un Cristo bizantino.

—Toma tu mermelada, simpática.

—¿Dónde está Fernanda? —preguntó Adrián, un poco extrañado de no ser aquel día el último en levantarse.

—Estará durmiendo todavía —dijo Bernardo, encogiéndose de hombros—. Hoy no hay prisa, ¿verdad?

—¿Hoy no va a haber inmersión? —lo interrogó Esperanza un poco sorprendida.

Acababa de untar la tostada con mantequilla y confitura de melocotón, pero la había dejado intacta en el plato y otra vez tenía el móvil en la mano. Se preguntó si aquella mujer no dejaba nunca en paz su *smartphone*, ni siquiera en una región del planeta en la que evidentemente carecería de cualquier clase de cobertura.

—Tengo material de sobra —respondió, sentándose en un diminuto taburete de plástico y sirviéndose un poco de café en un vaso de cristal, ya que todas las tazas disponibles estaban ocupadas—. No quiero más planos de medusas gigantes ni de mantarrayas... —Después de un breve silencio ponderativo añadió, inclinando un poco la cabeza hacia el hombro—: Aunque tuviéramos las mismísimas ruinas de la Atlántida justo debajo del casco en este preciso momento, lo único que me apetece a mí es volver cuanto antes a casa. No sé a vosotros.

Su declaración fue acogida por los demás con gran euforia e incluso algún aplauso. El equipo había cumplido y el trabajo estaba hecho.

Unos cinco minutos después, los únicos que seguían desayunando allí eran Bernardo y Daniel. Este último había sacado del frigorífico dos pequeños pescados de la fritura de la noche anterior y se los estaba comiendo fríos.

—¿Cómo te puede apetecer eso a estas horas? —lo interrogó Carlos, con un gesto de aprensión acompañado de una sonrisa maliciosa.

—El pescado es sano —declaró Daniel, lacónico y un poco enfurruñado.

—Desde luego, es bastante más sano que las barritas de cereales que tú rumias todo el día —remató Esperanza al mismo tiempo que empezaba a recoger la mesa.

—No sé qué tienes contra mis barritas dietéticas, bióloga —protestó Carlos—. Se llaman así porque están pensadas para complementar una dieta sana. ¿Tú crees que nos engañan?

Esperanza lo miró con irónico desdén mientras empujaba con un cuchillo las mondas del kiwi que se había comido hacia el plato donde estaba acumulando las sobras.

—No me extraña que tú te creas todo lo que dice la publicidad.

—No te extraña.

—Deberían proteger más a las mentes infantiles —añadió Esperanza, con una sonrisa perversa—. Por ley.

—¡Eeeeh! —Carlos hizo un gesto defensivo con las manos.

Daniel soltó una risotada.

—Eso por gracioso —dijo mientras retiraba con cuidado la raspa del segundo salmonete y le echaba un buen chorro de limón.

—¿Qué pasa con las barras de cereales? —insistió Carlos, ya claramente ofendido.

—Que tienen un contenido muy alto en azúcar, por ejemplo —aclaró Esperanza—, y que no es oro todo lo que reluce. Anuncian continuamente alimentos supuestamente sanos que son una porquería.

—Eres una lumbrera, bonita. No sé por qué, en vez de estar en este circo flotante, no te encierran en un laboratorio a descifrar el genoma de algún virus raro y muy peligroso. Qué gran científica se está perdiendo la humanidad.

—El azúcar es más adictivo que la heroína —terció Bernardo—, lo he visto en un documental. Y lo sé por experiencia. Me pasé la adolescencia cenando cereales de chocolate casi todos los días. No aprendí a comer hasta que empecé a ir al gimnasio.

—Los deportistas comen por instinto —confirmó Adrián mientras no dejaba ni un segundo de echar de menos a Fernanda. Le parecía muy raro que no hubiera subido ya.

—Podéis desayunar pescado frío hasta que os salgan escamas —replicó Carlos con un sarcasmo ofensivo que dejaba claro que se estaba picando de verdad—. Pero no me pidáis ni una puta barrita de cereales en lo que queda de viaje.

Parecía nervioso, con ganas de gresca. No era inusual que intentara acaparar la atención de todos, pero sí que se mostrara tan susceptible. Aquella mañana había algo poco natural en su conducta, como si intentara ser él mismo con demasiado esfuerzo y sin la convicción habitual. En general, era inmune a la crítica porque siempre se hacía mucha gracia y no tenía el menor sentido del ridículo. Sin embargo, en aquel momento se diría que estaba representando un papel con cierta desgana. Llevaban demasiado tiempo encerrados en el barco. Esa era probablemente la explicación. Para lo que no se le ocurría ninguna hipótesis plausible era para el prolongado sueño de Fernanda aquella mañana. Sobre todo, porque ella solía ser siempre la primera en desayunar.

—¿No es raro que Fernanda esté todavía en su camarote? —preguntó por fin, mirando directamente a Esperanza, quien acababa de levantar una pila de platos encajados unos en otros.

La bióloga asintió.

—Bajo a buscarla —dijo.

Luego llevó los platos a la cocina, los colocó en el fregadero y descendió por la escalerilla hacia el corredor de la tripulación.

Bernardo peló un plátano e intentó rociarlo con el poco jugo que le quedaba al medio limón que Daniel había utilizado ya para sus salmonetes.

—Esta mañana hay que revisar la máquina —le dijo el patrón con voz áspera y gangosa—, no quiero más complicaciones.

El mecánico evitó mirarlo, pero asintió mientras troceaba la banana sobre el plato cortándola en finas monedas, para dar a entender que había oído la orden. Era tímido aquel chico. Y, sin duda, también era la persona menos conflictiva a bordo del Bóreas. Aún no había discutido con nadie durante la travesía. Su cuerpo, cincelado a golpe de gimnasio, se revelaba con gran evidencia como el pilar central de su autoestima. A diferencia de Carlos, se aplicaba a un esfuerzo constante para no molestar a nadie. Adrián pensó con desagrado que aún les quedaban algunos días de convivencia por delante antes de arribar a puerto.

—¿Cuándo crees que llegaremos? —interrogó a Daniel.

—El martes, en casa. Eso si no se nos complica el tiempo —hizo un mohín—, porque nunca se puede estar seguro del todo. Una vez estábamos a punto de zarpar de Cabo Verde y la previsión no podía ser mejor. En esa época todavía usábamos NAVTEX. Y de pronto nos llega un aviso urgente. Parecía que se habían vuelto locos de remate. Una borrasca había cambiado de rumbo y venía directa hacia nosotros. Así, por las bravas, fuera de toda la circulación general, sin previo aviso. No hubo tiempo ni para el *checklist*, con eso te puedes hacer una idea. La cosa era que o soltábamos amarras y poníamos rumbo norte a toda máquina o nos quedábamos atrapados en Porto Novo. Y Dios sabía hasta cuándo. Porque una cosa así se sabe cuándo empieza, ¿entiendes?, pero no sabes cuándo va a terminar. Teníamos otra salida contratada en tres días y había que volver a Tenerife, así que decidí jugármela. Zarpamos cagando leches esa misma tarde, con el temporal dándonos patadas en el culo. Olas de cuatro metros y luego de ocho metros, sacudiéndonos por una banda y por la otra. Y aún se podía poner peor. Jaime quería pedir ayuda. No lo había visto nunca tan cagado. Y ese hombre no era un cobarde. Y yo estaba más o menos igual, aunque no dejaba que se me notara. Si te digo la verdad, esa noche pasé miedo. Cerramos escotillas y pusimos la máquina a trabajar. Conseguimos salir por los pelos. Pero esto no tiene nada que ver. La cosa parece muy tranquila en los próximos tres días, todos los partes coinciden. Puede que Victoria nos mueva un poco cuando nos pase rozando, a mediodía más o menos, pero va hacia Florida, en rumbo noroeste. Navegando hacia África lo dejaremos atrás sin problemas.

Bernardo pinchaba con el cuchillo de sierra las rodajas de plátano y las restregaba por el plato para impregnarlas bien de limón antes de llevárselas a la boca. En ese momento, oyeron gritar a Esperanza. Fue un chillido breve y muy agudo, seguido por otros menores y, finalmente, por lo que parecía un llanto desconsolado. Daniel volcó un vaso vacío al hacer un gesto descontrolado con su mano derecha y se puso de pie sobresaltado. Bernardo soltó el cuchillo y Carlos salió de la cocina alarmado.

—¿Qué pasa?

Daniel pareció temblar un momento, como si su recio cuerpo de viejo marino estuviera recibiendo órdenes contradictorias del cerebro. De pronto se precipitó hacia la escalerilla sin decir nada, seguido de cerca por Carlos. Adrián se unió a ellos y los tres bajaron a la cubierta inferior. Recorrieron los pocos metros de pasillo hasta el camarote de Fernanda. Sentía una gran urgencia por averiguar lo que ocurría, pero sus dos compañeros bloqueaban la puerta. Se vio obligado a empujarlos para abrirse un hueco y mirar hacia el interior del camarote donde Esperanza estaba llorando.

El secreto de los atlantes

(B)

Su mirada. Esa mirada suya había estado llena de algo que lo intimidaba, que le producía verdadero horror, y no era únicamente el desprecio habitual, que daba por descontado. Entonces, ¿qué era? ¿De qué se trataba? En ese momento los motores sonaban con un inusual matiz agónico, como una manada de búfalos ahogándose lejos, en el océano. El barco cabeceaba un poco y la atmósfera aquella mañana parecía una pantalla de lona color hueso, demasiado tensa, semejante a la membrana de un tambor. La luz solar les alcanzaba algo atenuada y tamizada por la bruma; el viento era cálido. Se diría que aquel cielo, de un blanco impuro, más bien cetrino, estaba a punto de rasgarse por la mitad, de un horizonte al otro, para dejar caer sobre ellos todo el fuego y la ira de los dioses de la Antigüedad. No podía ver el sol, y apenas el mar, desde donde estaba, sentado en la brazola, cerca de la escotilla de popa, junto a una caja de plástico rígido con material de buceo. Nadie más lo había mirado así. Eso había ocurrido hacía unas tres horas, cuando encontraron el cuerpo de Fernanda. Y luego, otra vez, aunque con menos intensidad, cuando se reunieron en el cuarto de derrota, junto a la cabina, para decidir qué hacían.

Ahora todo estaba relativamente tranquilo a bordo, pero nadie hablaba con nadie. El ambiente era de recelo, de violencia contenida. ¿Y qué pasaría después? De momento no había nada que hacer, salvo esperar. Carlos pasó a su lado trastabillando y se sentó en el banco de la regala de popa con una bolsa de pistachos. Se puso a comer y a echar las cáscaras por la borda con indolencia. Mientras, Esperanza se dedicaba a grabarlos con su móvil sin decir nada, sin pedir permiso a nadie. ¿Por qué lo hacía? ¿Qué significaba? Daniel apareció por la puerta que conducía al entrepuente. «Te recuerdo que tienes que bajar y mirar el turbocompresor». Su expresión era neutra, ni amigable ni autoritaria, aunque reflejaba lo suficiente su superioridad jerárquica. Insistió: «Bernardo...». «Vale —respondió él, asintiendo levemente y descruzando las piernas—, lo he mirado antes, pero bajo otra vez enseguida».

Cuando Daniel le dio la espalda, estiró un momento las piernas sobre la húmeda cubierta metálica. Luego apoyó las manos en los muslos y se puso de pie con desgana.

*

En la sala de máquinas estaba en su medio. Con los cascos puestos el sonido le llegaba amortiguado, pero la vibración generaba alrededor de su organismo una curiosa burbuja de relativo confort, una mezcla equilibrada de incomodidad y bienestar. Allí nadie bajaba nunca a molestarlo. Había una bombilla halógena de luz azul en un rincón, junto al generador principal, y eso era todo. No había otra fuente de luz. Miró los indicadores y vio que la presión era la correcta. No parecía que hubiera de qué preocuparse, por ahora. Pensó otra vez en la mirada. Esa mirada estaba llena de avispas irritadas. Eso era exactamente. Un nido lleno de avispas a punto de reventar. Y de pronto entendió que Adrián era más peligroso de lo que nunca había imaginado. A través de sus ojos, al recordarlos, sintió que se deslizaba por un túnel muy profundo, inclinado hacia abajo como un tobogán, y que lo arrojaba a un pasado remoto, hacia sus primeros años y hasta el preciso momento en que otros ojos lo habían mirado de un modo muy similar. Eran los de su madre. Pero ¿cuándo había ocurrido aquello?

En esa época vivían en la costa levantina. No recordaba a su verdadero padre. Se había marchado muy pronto, antes de que él aprendiera a hablar y a llenar de recuerdos propios los cajones de su memoria. Su hermana Sofía le había contado algunas cosas de él y también lo había visto en fotografías, pero nada más. Y ahora Sofía tampoco vivía con ellos, sino con su abuela. Tenía la sensación de que desde el principio la familia no había hecho otra cosa que desintegrarse. Nunca fue una verdadera familia. Su madre tuvo varias relaciones durante sus primeros años de vida; ninguna lo bastante duradera como para que a él le dejara huella alguno de esos hombres. Eran apenas siluetas encadenadas, tristes o risueñas, como esos monigotes de papel recortado que hacían los niños antes de que existieran los juegos *online*. Para él no habían sido nunca más que amigos pasajeros, en el mejor de los casos; ninguno de ellos alcanzó a convertirse ni siquiera en la silueta, en la imitación aceptable de un padre.

Pero Jorge iba a ser distinto. Estuvo claro desde el principio que con Jorge su madre iba en serio. Era propietario de un pequeño restaurante a las afueras de Altea. Ella trabajó allí de camarera un verano entero. Y en octubre empezaron a salir como si tal cosa, sin explicarle nada, a pesar de que ya tenía once años. En poco tiempo se mudaron a la vivienda de él, un ático en un viejo y colorido edificio del pueblo. Nunca le gustó y muy pronto empezó a desafiarlo. Fue una de esas veces cuando su madre lo miró de aquel modo. Jorge le había pedido, con una sonrisa hiriente, que guardara el pescado en el frigorífico. Sabía que le daba aprensión y quería mortificarlo. Entonces él extendió la mano para tocar el grueso papel acartonado y empapado de sangre que envolvía la caballa, pero enseguida se apartó del banco de la cocina con repugnancia. «¿Por qué no haces lo que te digo?». Lo espoleó el novio de su madre, sin dejar de sonreír maliciosamente. Trató de sostenerle la mirada con voluntad de desafío, pero vio los ojos de ella por encima de los hombros de él. Y de pronto notó el zumbido de las avispas, y el veneno acumulado en esos ojos, acuosos, desvalidos, enrojecidos por la cerveza y el cansancio. Pobre Vero. Sentía tanta lástima por su madre, ahora que estaba muerta. Entonces ella debía de contar los mismos años que tenía él en la actualidad. Y ya era casi una vieja prematura. Debió de ver a Jorge como su última oportunidad. Había sido bastante guapa y estaba a punto de perder lo poco que aún le quedaba de su antiguo atractivo. Venciendo el asco, obedeció. Guardó el pescado en el frigorífico. ¿Por qué pensaba en eso ahora? El recuerdo de su madre se había abierto paso en su conciencia con imperiosa urgencia, como si ella quisiera revelarle algo o pretendiera alertarlo de algún peligro inminente. Pero Vero ya no podía ayudarlo. Daba igual. Allí abajo, junto a la potente máquina, se sentía a salvo de todo y de todos. Cuando esa mañana a primera hora descubrieron el cadáver fue el último en asomarse al camarote de Fernanda. Tenía una pierna colgando fuera de la cama. La sábana apenas cubría su cintura y sus pechos. Uno de los brazos, blanco y delgado como el cuello de un cisne, descansaba sobre la almohada. El otro estaba oculto detrás del torso. La boca había quedado abierta y trágicamente torcida. También los ojos estaban abiertos, y las pupilas retenían la última instantánea del horror que las había impresionado. Pero no quería pensar más en eso. No quería volver a imaginarlo. El ruido de la máquina parecía un muro sonoro que lo separaba de todos los sucios pecados del mundo. Ahora solo el pasado lejano le parecía cierto.

No había nada anormal en el panel de controles, así que la avería estaba totalmente solucionada. Pensó que era hora de volver arriba para decírselo a Daniel. Cerró tras de sí la puerta estanca de ángulos curvos de la sala de máquinas y subió por la escalerilla al entrepuente. Allí estaba otra vez Adrián, pero no le prestó ninguna atención. También se encontraba allí Esperanza. Llevaba solo las bragas del bikini y una camiseta negra. Le preguntó a ella por Daniel.

«Arriba», respondió la bióloga, levantando un poco las cejas y el mentón para indicar la cabina de mando que estaba justo encima de ellos mientras seguía colocando los platos sobre el mantel de plástico. Estaba preparando la mesa para la comida. Ya era más de la una, así que no tardarían en almorzar.

(A)

El muchacho había llegado al atrio de la academia con un pastel de miel en la mano. Lo vi dudar un momento, luego engulló en dos bocados lo que le quedaba y se chupó los dedos. Cuando se decidió a entrar, lo seguí. Empezaba a atardecer.

Adrián había leído estas frases unos cinco minutos antes, y ya no había podido concentrarse más en *El secreto de los atlantes*. Avanzaba despacio en el libro, sin demasiado entusiasmo. Aquel párrafo le trajo el recuerdo de su propio hijo de trece años. Y luego, por supuesto, el de su hija de diecisiete. Se preguntó, con una mezcla de añoranza y vaga preocupación, qué estarían haciendo en aquel momento. César, Noelia. Había pasado demasiado tiempo sin verlos durante los últimos años. Antes de zarpar se había jurado que esta sería la última vez. No habría otra separación tan prolongada. Confiaba en que iba a ganar lo suficiente como para poder tomárselo con calma después del regreso. Y ahora esto. El hallazgo del cuerpo sin vida de Fernanda lo había dejado consternado y perplejo. No supo cómo reaccionar. De hecho, no había reaccionado en modo alguno. Y se sentía culpable por esa atonía afectiva. El asunto le preocupaba, desde luego, pero no le dolía. O no lo suficiente. Eso era lo que pensaba ahora. Y no parecía una muerte accidental, con esas marcas en el cuello. Entonces, uno de los otros tenía que haberla matado, ¿no era así? ¿Acaso cabía otra explicación? Claro que si descubrían el secreto, su pequeño secreto, más peliagudo que el de los atlantes, se convertiría en el principal sospechoso. Así que era inevitable callar. Y ahora también era inevitable esperar. Callar y esperar. Llevaba más de una hora encerrado en su diminuto camarote, recostado en la estrecha cama adosada, con el omoplato y el hombro derecho apoyados en el mamparo. Por el ojo de buey entraba luz suficiente, y además tenía encendido el flexo detrás de él, pero no se sentía capaz de continuar con la lectura. No de momento.

Pensó detenidamente en sus tres compañeros. A Esperanza la había descartado de inmediato, ni siquiera había llegado a considerarla sospechosa, ni por pura hipótesis. Sin embargo, ni siquiera esto le parecía del todo seguro. En cuanto a Bernardo, si intentaba pensar en él como en un asesino, sencillamente no podía creerlo. Y la idea de que Daniel fuese culpable resultaba incluso más descabellada todavía. Entonces, solo quedaba Carlos. Era consciente de que estaba predispuesto en su contra, aunque eso no parecía una razón suficiente para descartarlo, más bien al contrario. Y, sin embargo, si los demás tuvieran idea de su reciente relación con Fernanda, incluso un leve indicio de ella, eso bastaría para que él pasara a ser considerado por todos el sospechoso principal. ¿Y acaso importaba mucho lo que pensaran? ¿No haría mejor en contarlo de una vez?

Un envite de sinceridad podría ser una buena forma de empezar a resolver las cosas. En ese momento casi le parecía una buena idea. Lo que no estaba del todo claro era lo que había que resolver en aquellas circunstancias, o a quién le correspondía hacerlo. Y la parte más cauta de su cerebro —su ministerio de defensa, por así llamarlo— negaba enfáticamente esa opción. El solo hecho de considerarla hacía que saltaran todas las alarmas en sus circuitos cerebrales, como se disparan los rociadores automáticos en los corredores de un hotel cuando el fuego prende en la moqueta.

Fernanda. Pobre Fernanda. Le costaba un esfuerzo enorme, casi físico, hacerse a la idea de que ahora estaba muerta. Entonces apenas le dio tiempo a preguntarse qué motivación, qué clase de móvil podría haber tenido algún otro miembro del equipo para asesinarla, y para hacerlo en un barco de cuarenta y cinco metros de eslora del que no podría escapar; porque la evidencia entró en su mente de una forma sorpresiva y subrepticia, como a traición, igual que la hoja fría de una espada podría haber penetrado en su cerebro atravesándole la nuca. Se sintió humillado por alguna razón que no habría sabido precisar. De pronto, estaba meridianamente claro: él no era el único de a bordo que había mantenido una relación con Fernanda. Por supuesto que no. Los celos suponían, desde luego, un móvil lógico, si aquello había sido —como lo parecía— un crimen pasional y no premeditado.

Y Carlos volvía a ser el mejor candidato para ese papel de amante despechado. Sin embargo, algo no terminaba de encajar en esa idea. Se conocían apenas desde hacía un año. Habían trabajado juntos el verano anterior, para el documental sobre el triángulo de las Bermudas; aquella majadería que vendieron —todavía mejor de lo que esperaban— a una televisión y a dos plataformas. El equipo era el mismo; no hubo tiempo para buscar a otra gente, y además para el trabajo había funcionado. Sabía, claro, que convivir con Carlos varias semanas en un espacio de poco más de cien metros cuadrados supondría una agonía constante por la que debería haber solicitado alguna cláusula extra de compensación en su contrato; pero, dado lo bien que se había vendido la pieza anterior, su productora, Thalasmediterran, había podido negociar un anticipo extraordinario por el trabajo sobre la Atlántida. Aquello disipaba cualquier posibilidad realista de sostener una negativa. Ahora, más allá de toda esa larvada antipatía, una voz solemne —la de algún triste genio moralista que se escondía como polizón en su córtex cerebral— se obstinaba en repetirle, con voz susurrante y lastimera, que Carlos podía muy bien ser un narcisista secretamente acomplejado, pero en ningún caso un psicópata.

No quería pensar más en aquello. Todo le parecía odioso, repugnante, empezando por sus propias sucias emociones. Abrió el libro e hizo un esfuerzo por regresar a la lectura. La acción se situaba en la época de Platón, en la Atenas derrotada y sometida por Esparta tras la cruenta guerra del Peloponeso. Spiro, el protagonista y narrador, acababa de separarse de su prometida en el capítulo anterior para ir a buscar al filósofo en su academia. Se proponía formularle una pregunta que para él se había vuelto extrañamente urgente. Una pregunta relacionada con la Atlántida, claro.

Había varias aulas alrededor de un patio con peristilo que tenía una fuente en el centro. Sobre la pila de la fuente una Artemisa de mármol, casi de tamaño natural, sujetaba a un ciervo por la cornamenta. Observé a dos jóvenes que conversaban en voz baja junto a una de las columnas; se oían las voces de los maestros en las distintas aulas. Entonces se me ocurrió que una de aquellas voces podría ser la del mismísimo Platón. Decidí esperar a que sucediera algo, ya que no me atrevía a interrumpir ninguna de las clases, tal era el respeto que me inspiraba aquel lugar y, en particular, su ilustre fundador. Conservaba de él un recuerdo infantil que en poco concordaría —estaba seguro— con la figura del hombre maduro que esperaba encontrar. Aquello había sucedido muchos años atrás, cuando Alcibíades se disponía a poner en práctica su temerario proyecto de conquistar Sicilia y apoderarse de Siracusa para que Esparta se viera obligada a capitular y someterse a los dictados de Atenas.

Había sido un día extraordinariamente luminoso, como si el dios Helios se propusiera intensificar la gloria anticipada de aquella gran campaña en la que toda la población de la ciudad participaba con gran entusiasmo, segura de la victoria de los soldados atenienses. Una multitud alborozada recorría la carretera que une la ciudad con el puerto. Ni siquiera una Panatenea o una Olimpiada había llegado a excitar tanto jamás a mis conciudadanos.

Llegué a los muelles rodeado por un grupo de mujeres y niños. Una trompeta resonó para anunciar la partida y se hizo a mi alrededor un silencio asombroso. Recuerdo cómo los bajeles se columpiaban suavemente sobre las aguas, había decenas de largos y resplandecientes trirremes sobrecargados con apretadas hileras de hoplitas y marineros cuyas armas centelleaban bajo el arduo y heroico sol que parecía celebrar y alentar la inminente guerra de conquista.

Volví la cabeza y atisbé los muros de la ciudad, el policromado y orgulloso mármol de sus templos y monumentos, y llegué a sospechar, en la inocencia de mis ocho años, que era un privilegio haber nacido allí y presenciar aquel histórico acontecimiento que despertaba el unánime fervor de los atenienses, mis paisanos. Alguien me habló en ese momento.

—¿Crees que te acordarás de esto cuando seas un hombre?

Volví el rostro hacia delante y vi a un muchacho unos años mayor que yo. Era alto, de anchas espaldas y de rostro moreno. Me sonreía.

—Ya tengo diez años —mentí—, y claro que me acordaré de todo. —Después de un breve silencio lo interrogué—: ¿Por qué no vas tú con ellos?

El joven pareció sorprendido por la pregunta, y una ligera nube de tristeza pasó un momento por su semblante.

—Todavía no puedo —fue su respuesta y, después de una pausa, añadió—: Pero en el futuro nosotros también lucharemos por Atenas.

—¿Cómo lo sabes? —le pregunté maravillado.

—Pues... porque ya lo recuerdo —me dijo él. Y esa afirmación me dejó más asombrado todavía.

—Pero ¿cómo puedes saber lo que aún no ha sucedido?

El joven se echó a reír con muchas ganas.

—Sí, tienes razón. Pero es que a veces me pasa eso, ¿sabes? Me parece recordar cosas que todavía no han ocurrido. Los hombres, a diferencia de los animales, tenemos imaginación. Gracias a ella podemos ver muchas cosas lejanas, no solo lo que tenemos cerca. Cuando entendemos algo es como si lo recordáramos, ¿no crees?

Yo no sabía cómo responder a aquello, así que decidí hacerle otra pregunta un poco más sencilla.

—Y tú ¿cómo te llamas?

Aquel chico volvió a sonreírme con simpatía y me acarició la mejilla con los dedos.

—Me llamo Aristocles, pero mis mejores amigos me llaman Platón —dijo, y a mí me pareció intuir en ese momento que había en él algo realmente grande y admirable.

Durante los años siguientes aquella impresión se vio confirmada. Mi familia tuvo que trasladarse a un villorrio en el campo y nunca volví a coincidir con él; sin embargo, llegó hasta mis oídos, en diversas ocasiones, el eco de su fama. Después de que su maestro, Sócrates, fuera obligado a beber la cicuta, Platón se convirtió en el maestro de muchos de sus compañeros más jóvenes y todos parecían respetarlo con una veneración semejante a la que el noble filósofo había disfrutado, antes de que las envidias y las calumnias mancillaran su reputación.

Y ahora yo me encontraba allí, en su academia, para indagar la leyenda que había oído contar a unos marineros y que me había fascinado hasta el punto de hacerme olvidar todas mis obligaciones y proyectos.

(B)

Daniel estaba de pie, junto al tablero empotrado del puente, y levantó apenas un segundo la mirada del cuaderno en el que estaba escribiendo o repasando algo; luego continuó, sin ni siquiera saludarlo. «¿Cómo va la máquina?», le preguntó sin más. Durante algunos segundos Bernardo se lo quedó mirando fijamente, sin responder. Quería que le prestara atención. Merecía que le prestara toda su atención.

Daniel volvió a levantar los ojos del bloc y lo miró por encima de los cristales de las gafas de cerca.

—Está bien —dijo él entonces—, no creo que vuelva a fallar. Era el conector.

El capitán emitió una especie de respingo, en realidad un gruñido, y volvió a lo suyo. Entonces se lo quedó mirando un poco más, sin atreverse a decir en voz alta lo que estaba pensando, lo que se le pasaba por la cabeza, hasta que Daniel cerró el cuaderno y se volvió hacia él, colocando una mano en el timón de roble de más de medio metro de diámetro.

—Qué... ¿Te preocupa algo?

Era una pregunta de lo más idiota en aquellas circunstancias. Decidió responderla con sencillez; no quería molestar al jefe.

—Claro. Lo mismo que a todos.

—Ella está muerta. No se puede hacer nada.

Otra verdadera idiotez. Eso ya lo sabía. Lo sabían los cinco.

—¿Y qué pasará cuando lleguemos a Tenerife?

Ahora ya había expresado en voz alta su verdadera preocupación. Aunque se daba cuenta de que en realidad su pregunta, objetivamente considerada, no dejaba de girar también en la órbita de las trivialidades.

—¡Y yo qué sé! —le espetó Daniel en un tono crispado—. Habrá una investigación, imagino. ¿Qué quieres que te diga?

Sí, por supuesto que habría una investigación, pero a él le obsesionaba el cuerpo. No estaba bien lo que habían hecho con el cuerpo dos horas antes. El barco contaba con dos grandes cámaras frigoríficas y habían vaciado una de ellas para depositar allí el cadáver de Fernanda, embutido en un saco de dormir.

—Y ella..., el cuerpo... —no sabía cómo expresarlo—. ¿Es seguro que está muerta?

Se avergonzó enseguida de aquella pregunta grotesca.

—Ya has oído antes a Esperanza. La pupila, el reflejo fotomotor... No hay duda. ¿Quieres bajar y comprobarlo otra vez? —le propuso con punzante ironía; y después de una pausa añadió entre dientes—: A lo mejor a ti te preocupa otra cosa...

Había una corriente de hostilidad en la voz de Daniel, casi una nota de amenaza. Nunca lo había tratado con excesiva ternura, pero aquel tono era casi violento. ¿Lo consideraba el principal sospechoso? Aquel viejo oso de manos encallecidas parecía olvidar que él también tendría fuerza más que suficiente para estrangular a una chica. Todos habían visto las marcas en el cuello, y nadie dudaba de lo que implicaban. Ella era joven, y no tenía demasiado sentido pensar en algo como un coágulo o un derrame en el cerebro, y aquellas terribles marcas constituían el signo más claro, la evidencia que los obligaba a descartar la posibilidad, relativamente tranquilizadora, de una muerte natural. Por supuesto que no podían hacer otra cosa que transportar el cuerpo, pero había algo que le repugnaba profundamente en la idea de que el cadáver los acompañase durante toda la travesía de regreso. Debería existir otra solución. Y, sin embargo, los de la Dirección General de la Marina habían sido categóricos al confirmar que eso era no ya lo mejor, sino en realidad lo único que podía hacerse en aquellas circunstancias. Cuando estuvieran más cerca, tal vez dentro de tres o cuatro días, un helicóptero dejaría a bordo a personal especializado. Eso les habían dicho —habían podido establecer comunicación vía satélite gracias a un portacontenedores con bandera en Singapur—, «personal especializado», sin especificar más. ¿Quién vendría? ¿Forenses? ¿Detectives? ¿Psicólogos? ¿Autoridades de la marina?

Estaba claro que aquel suceso les había perturbado a todos y que la convivencia sería muy difícil en las próximas jornadas. Le dio la espalda a Daniel sin decir una sola palabra más y bajó al entrepuente. Esperanza y Adrián habían terminado de poner la mesa y Carlos estaba cociendo la pasta en el pequeño compartimento que les servía de cocina. Espagueti con bonito, tomate y vino blanco. Olía bien allí dentro y la verdad era que tenía bastante apetito.

(A)

No lograba concentrarse durante mucho tiempo sin que otros pensamientos interfiriesen en la lectura, pero al menos eso le mantenía la mente ocupada. En la sección que acababa de terminar, Spiro lograba hablar por fin con Platón y, aunque el filósofo no recordaba aquel lejano encuentro en el puerto —la mañana de su infancia en que habían presenciado juntos la partida de la expedición de Alcibíades—, lo trató con deferencia e incluso procuró satisfacer su curiosidad sobre los atlantes.

En Siracusa me hablaron de una comunidad de hombres y mujeres que viven en una región montañosa al norte de Sicilia, y que al parecer visten de un modo extraño y utilizan máquinas desconocidas que les permiten sobrevivir en aquella región apartada. También me contaron que aquel pueblo de sabios no teme a ningún enemigo. Por otra parte, durante mi anterior estancia en Egipto un anciano escriba me aseguró que algunos de los atlantes habían sobrevivido hasta nuestros días. Pero yo, amigo mío, no puedo asegurarte en modo alguno la veracidad de estos dos relatos, y mucho menos, sin faltar a la verdad, podría establecer alguna relación entre ellos.

Estas vagas palabras de Platón eran, sin embargo, suficientes para impulsar a Spiro hacia Siracusa, con la esperanza de encontrar allí a los descendientes de los supervivientes de la catástrofe que puso fin a la historia de la Atlántida. Después venían algunas páginas en las que se relataba, con detalles irrelevantes y alguna peripecia insustancial, el viaje en barco de Spiro a Siracusa. Adrián las leyó deprisa, con impaciencia. Cuando arribaba a puerto, la historia parecía avanzar y ganar en interés.

Artimes, el viejo amigo de mi padre, vivía en una suntuosa casa en la parte alta de la ciudad, cerca del barrio de Tica, no muy lejos de los Epípolos. Él y su hija Hatria me recibieron con gran cordialidad, aunque hacía muchos años que nuestras familias no mantenían ningún contacto. Desde la terraza de la residencia familiar, que se asomaba a un hermoso jardín con olivos, naranjos y mucho romero, podía verse el mar, de un azul uniforme y denso y, no muy distante, la isla de Ortigia, unida por un puente a la ciudad y llena de templos y cuarteles. Aquel era el lugar en el que habitaba Dionisio con su familia y sus fieles. Un poco más allá se divisaban las velas del puerto y las columnas del Olimpieo.

«Serás como otro hijo para mí. No olvido lo que hizo tu padre por nosotros», me había dicho Artimes aquella soleada mañana al recibirme.

Le expliqué al anciano, entonces, que el motivo de mi visita era buscar a los pitagóricos. Según me habían contado en Atenas, habitaban por las tierras y pueblos de los alrededores de Siracusa, en pequeñas y clandestinas fraternidades desperdigadas por la campiña. Le dije que deseaba aprender con ellos la matemática y la música —lo que no era del todo falso— antes de iniciar en Atenas mi proyectada carrera política, pero no le revelé en absoluto el verdadero propósito de mi viaje ni mencioné en ningún momento el nombre de la gran isla para siempre perdida que tanto me había obsesionado desde que oí hablar de ella en mi adolescencia. No le dije a mi anfitrión ni una sola palabra sobre la Atlántida.

No resultaba muy convincente, juzgó Adrián, que un joven ateniense, ni siquiera el hijo de una noble familia, pudiera gozar tan fácilmente en aquella época del consentimiento de sus mayores para dedicar una buena parte de su patrimonio a una aventura tan descabellada. ¿Ir a Siracusa a buscar a los hijos perdidos de la Atlántida? Su padre, sin duda, se habría negado. Un proyecto como ese tal vez fuese factible para el hijo de un magnate actual de la informática, pero no para un joven aristócrata de la Antigüedad que habitaba en una ciudad que acababa de tomar parte en la onerosa guerra del Peloponeso; si bien el autor había dedicado cierto número de páginas a justificar las tretas y añagazas a las que Spiro había recurrido en Atenas para lograr su objetivo. En todo caso, el desarrollo de la trama era bastante lineal y previsible. La novela comenzaba con una breve reseña de la infancia y la adolescencia del protagonista, salpicada de diversas notas costumbristas y algún perdonable anacronismo sociológico. Después, el narrador autobiográfico explicaba en qué circunstancias recibía las primeras noticias sobre el viejo mito de la civilización perdida; una historia que Platón, contemporáneo y paisano suyo, había ayudado a acreditar y a divulgar. Ahora que ya se encontraba en Siracusa, muy cerca de su objetivo, era de suponer que las sorpresas, los peligros y los sobresaltos empezarían a caer sobre él como el pedrisco. El protagonista no tardaría en descubrir una asombrosa realidad que, con toda certeza, superaría con creces a la más fascinante de las leyendas —esto era, al menos, lo que prometía la contraportada del libro—. Tal vez iniciase un romance con Hatria, la hija de Artimes, y juntos correrían aventuras espectaculares —supuso— que probablemente culminarían con algún hallazgo digno de la más imaginativa ciencia ficción.

Se preguntó qué clase de lector se dejaría seducir por un tema tan manido y recurrente, por aquella vulgar amalgama de historia y mito. Se preguntó qué clase de aliciente ofrecía aquel tipo de libros para tantos lectores. De hecho, indagar esa cuestión había sido su principal motivación para iniciar la lectura de *El secreto de los atlantes*. Lo eligió entre muchos títulos semejantes, casi al azar, cuando supo que la productora había logrado interesar con aquel asunto de la pirámide sumergida de la Atlántida a la misma televisión a la que le vendieron el documental sobre el Triángulo de las Bermudas. No esperaba mucho de aquella historia, pero confiaba en que al menos fuera entretenida. Una lectura liviana que le ayudara a pasar las muchas horas muertas de una expedición oceánica. Lo que entonces no podía haber imaginado era que las cosas a bordo del Bóreas se desarrollarían de aquella forma atroz y absurda. Acaso estuviera ya cerca de la parte más interesante de la novela, pero ahora no tenía ganas de continuar con la lectura. No era capaz de concentrarse más tiempo en la peripecia de Spiro y sus andanzas en Sicilia entre los misteriosos pitagóricos, quienes tal vez lo conducirían hasta los todavía más misteriosos atlantes, dotados sin duda de toda clase de conocimientos portentosos, vestigios probables de la visita de alguna civilización extraterrestre. Se preguntó qué clase de mentes infantiles se dejaban fascinar por cosas así. ¿Y qué se podía esperar entonces de los televidentes, quienes ni siquiera se tomaban la molestia de leer? Pensó en su archivado y nunca difundido documental sobre el sufismo de cinco años atrás. Qué fácil era, pasado un tiempo, reírse de los propios fracasos. Tal vez —imaginó sonriendo melancólicamente— pasaría toda la eternidad carcajeándose de su vida actual. Si es que había alguna clase de eternidad, claro. Recordaba, ya sin amargura, la última reunión que convocó la productora para explicarle las razones por las que el documental sobre los sufíes había sido rechazado. Demasiado elitista y filosófico, dijeron. Poco didáctico, explicaron. Carente de ritmo y con un montaje demasiado complejo y experimental para el espectador medio, que acabaría perdiéndose por el camino. Y todo eso cuando ya habían firmado un precontrato. Representaba más de un año de trabajo perdido y un montón de grabación sin salida que debería tratar de vender al mejor postor —todavía ahora, cinco años más tarde, no había sido emitido en ningún canal—. Y ni siquiera cobraría para cubrir gastos, ya que había sido una iniciativa propia y no existía cláusula de salvaguardia.

Pero lo peor no era aquel fracaso profesional, sino las consecuencias en su vida familiar. Unos meses más tarde, Gabriela y él firmaban el divorcio. Como apunta el saber popular, las desgracias nunca vienen solas. Ese *feedback* maléfico, el efecto dominó en todas direcciones, la mariposa inocente que aletea en Pekín para que los niños se ahoguen en Mozambique..., así estaba hecha la máquina de los horrores en que vivían. ¿No era como si la vida hubiera sido diseñada por alguien como Josef Mengele? Y, ahora que pensaba en el médico nazi, se preguntó si aparecería en *El secreto de los atlantes*. No había que descartar saltos en el tiempo. Los saltos en el tiempo se habían hecho muy populares con el cine de la segunda mitad del siglo XX. Se preguntó de pronto hasta qué punto estaba fundado su complejo de superioridad. Después de todo, a él también le gustaban muchas de aquellas películas. Tal como veía las cosas, el problema no eran los productos de entretenimiento en sí, por supuesto, sino el hecho de que ocuparan todo el espacio disponible. Ese era el verdadero problema. Y la deriva general del mundo hacia una estupidez sin fondo. Eso también. Pero ¿acaso se podía considerar más inteligente que los demás? Ahí estaba la pregunta decisiva. La mayoría de los muchos imbéciles que conocía eran más felices que él mismo, con toda su rica vida interior, con toda su lucidez y sus preocupaciones intelectuales. Entonces, aquella supuesta superioridad ¿para qué le servía? Una vez más, la única respuesta a su alcance consistía en considerar a la realidad, a la vida misma, como una trampa sádica. La inteligencia podía ser un verdadero error de la naturaleza, una desviación evolutiva indeseable. Dostoyevski había escrito algo parecido en *Crimen y castigo:* una mente vasta y profunda es inseparable del dolor. No recordaba las palabras exactas, pero el sentido era ese. ¿No resultaba posible que la gran mente colectiva, el cerebro gregario de la colmena, hubiera interiorizado esa terrible verdad y, por eso, de algún modo, todos habían optado por la imbecilidad como único refugio seguro? Todos, excepto los imbéciles como él, claro, quienes preferían la lucidez y el sufrimiento.

Dejó el libro en la cama y se incorporó. Abrió la escotilla del ojo de buey y respiró una bocanada de aire húmedo y salobre. La espuma le salpicó la cara y algunas gotas de agua le mojaron el pelo. Las olas parecían de metal líquido y se extendían ante él, cada vez más pequeñas, hasta extinguirse en un horizonte de bruma que se fundía con un cielo de amianto. ¿Cuándo llegaría el helicóptero? ¿Qué clase de «personal especializado» los visitaría? Tenía ganas de que se precipitase el desenlace de aquella situación. Disponía de material suficiente para montar el documental, así que estaba convencido de que podría venderlo. Había firmado un precontrato y, fuera como fuese, la productora tendría que pagarle esta vez. De hecho, era el único del barco contratado regularmente por Thalasmediterran para aquel trabajo. Carlos era un profesor en excedencia que dedicaba su tiempo a una empresa de aventuras empaquetadas. No se aburría nunca. Había sido Daniel quien lo había puesto en contacto con él un año atrás. Y, por lo que sabía, su remuneración era casi simbólica. Hacía aquello por afición, principalmente. Y para ver su nombre en los créditos, claro. Era taimado y vanidoso. A Esperanza la había conocido unos años antes, en un documental sobre la pesca en Gran Sol. Daniel alquilaba su barco para lo que se le presentase, desde avistamiento de ballenas hasta expediciones científicas. De Bernardo sabía muy poco. En todo caso, daba por hecho que él era el único que se había asegurado una cláusula de seguridad ante imprevistos. Ahora se felicitaba por haber tomado aquella precaución.

*

Cuando subió a la cubierta ya era casi la una de la tarde. Encontró a Carlos indolentemente recostado en el banco de la regala de popa, con una pierna extendida sobre la madera pintada de blanco y una bolsa de pistachos en la mano izquierda. Comía y arrojaba las cáscaras al mar.

—¿Dónde te habías metido? —lo interrogó.

—En mi camarote, leyendo.

—Claro —dijo Carlos con esa sonrisa amarga, típicamente suya, que subrayaba sus vitriólicos comentarios—, para qué vas a relacionarte con nosotros.

—No, es que os dosifico —dijo Adrián con un gesto neutro, impasible—; es para disfrutaros más, ¿sabes?

Miró alrededor y contempló el panorama, el enorme círculo de agua verde y gris plata del cual el Bóreas era siempre el centro, por mucho que avanzara en rumbo nordeste, alejándose de las Bahamas. Luego miró otra vez a Carlos, que acababa de escupir algo hacia el mar y tenía un hilo de baba colgando de su grueso belfo inferior.

—¿Y Bernardo? —preguntó él.

—Está abajo, mimando a su máquina.

Sin decir una palabra más le dio la espalda y accedió al entrepuente. Esperanza colocaba en ese momento el mantel de plástico en la redonda mesa fija de fibra de vidrio con pie de acero, atornillada al piso recubierto de linóleo, que ocupaba el centro de aquel compartimento en el que solían reunirse. Llevaba las bragas amarillas del bikini y una camiseta negra. Pensó que no estaba mal y, sin que pudiera impedirlo, el recuerdo de Fernanda y la inevitable comparación le produjo un acceso de vergüenza que intentó compensar enseguida ayudándola a extender el mantel.

Muy poco después, Bernardo subió desde la sala de máquinas y le preguntó a Esperanza por Daniel. Ella respondió con un escueto «arriba» mientras colocaba los platos sobre la mesa.

*

Durante la comida casi no hablaron. Desde el hallazgo del cadáver de Fernanda, los cinco soportaban una tensión extrema. No había lugar para las bromas habituales que solían ayudar a drenar los malos humores y a conjurar las rencillas. El grupo había funcionado bien para trabajar el verano anterior, pero en una convivencia tan prolongada, en un espacio reducido, las cosas nunca son del todo fáciles. Hubo un incidente que podía haber terminado en tragedia. Carlos y Esperanza bucearon para aproximarse a un pesquero hundido —supuestamente, por obra y gracia del triángulo maldito— y ella se desorientó. Carlos tuvo que ayudarla a subir. Fernanda la atendió de una hipoxia leve. Cuando Esperanza se recuperó, su compañero la sermoneó por imprudente. Según él, se había saltado varias reglas del protocolo. Entonces, Adrián salió en defensa de Esperanza, lo que lo llevó a un duro enfrentamiento con Carlos. Daniel medió entre ellos y logró apagar el incendio, pero no los rescoldos. Las cosas ya no volvieron a ser iguales. En realidad, la rivalidad entre ellos surgió casi desde el primer momento y por causas imprecisas. Adrián no habría sido capaz de señalar exactamente lo que le molestaba de Carlos, pero si hubiera tenido que elegir una sola palabra probablemente sería *prepotencia;* esa actitud permanentemente competitiva de los acomplejados que necesitan tener siempre toda la ventaja para paliar su inseguridad, lo que los lleva a señalar continuamente las deficiencias de los demás, aunque sea en tono de broma.

Después de aquello, los seis no habían vuelto a reunirse hasta poco antes de la segunda expedición, así que los otros ignoraban que Fernanda y él habían mantenido una relación que nunca llegó a ser otra cosa que una amistad con ratos de sexo. No había nada más. Ambos lo habían tenido claro desde el principio. Pero llegaron al acuerdo de interrumpir esas relaciones durante el viaje, precisamente para no estropear el buen clima profesional, introduciendo elementos de distorsión. Y el sexo era siempre —ambos lo sabían— uno de esos elementos.

Sin embargo, la séptima noche de navegación la había visitado en su camarote. Fue un momento de debilidad del que ahora se arrepentía. Al principio, ella lo rechazó, pero logró abatir sus defensas a base de bromas, y pasaron una buena hora juntos. Nadie —al menos, que él supiera— se había dado cuenta de eso. Ocurrió de madrugada, de un modo clandestino. En eso residía la emoción, claro. Y ahora no parecía el mejor momento para revelarles su pequeño secreto. Debía esconder sus cartas todavía un poco más, hasta ver cómo se desarrollaba todo.

—¿Por qué haces eso siempre? —Daniel había hecho la pregunta intentando sonreír, sin perceptible hostilidad, pero Esperanza apagó inmediatamente su móvil, casi asustada y con un incipiente incendio en las mejillas.

—Está estudiando Psicología, y nosotros somos sus conejillos de Indias —comentó Carlos, con su afilada sonrisa de comadreja.

—El único conejillo de Indias soy yo misma —replicó ella, mirando a Carlos con falsa dulzura; y luego continuó, dirigiéndose a Daniel—; estoy registrando por escrito mis cambios de ánimo. Es para un trabajo de psicología del entorno profesional. Se supone que grabaros de vez en cuando me sirve para valorar el clima emocional que había por aquí en cada momento.

—Y ¿qué clima emocional te parece que hay ahora? —la interrogó Carlos en voz baja, en un tono pretendidamente inocuo pero venenoso.

Ella no despegó los labios. Se limitó a desviar la mirada. Luego, se levantó y llevó su plato vacío al fregadero.

Adrián pensó que debía de estar aterrorizada. Cuatro hombres y una mujer. Una sola, porque la otra estaba muerta. No le cupo la menor duda de que Esperanza debía de sentir verdadero pánico en aquellas horas, aunque se esforzaba heroicamente en no exteriorizar esa emoción. Era una mujer bastante fuerte, y quería parecerlo un poco más, por razones que él entendía a la perfección, dadas las circunstancias.

*

Después de la comida fue en busca de Daniel. Era el único de sus compañeros al que estaba dispuesto a inscribir en la categoría de amigo. Cuando le propusieron realizar el documental sobre el Triángulo, un año atrás, la productora le facilitó su contacto. Ya había colaborado con ellos antes, en algún otro proyecto, pero él no lo conocía. Aunque su amistad era solo relativa y, además, muy reciente, se fiaba de él más que de los otros dos. Lo encontró en la sala de planes, separada del puente por un mamparo. Estaba repasando las cartas mientras apuraba una taza de café. El patrón lo miró con una mueca de disgusto.

—¿Qué te parece? —lo interrogó directamente.

—Lo mismo que a ti, supongo —dijo Daniel, y después de dar un último sorbo, se volvió para dejar la taza vacía en la repisa de teca que tenía a su espalda—. Que uno de vosotros está como una puta cabra.

—Sí. Yo, por ejemplo, estoy como una cabra. Pero no mato a mujeres, ¿sabes?

—Ya.

Se acercó a la pequeña mesa cuadrada que había en el centro del habitáculo y paseó la vista por los mapas. Apenas sabía interpretarlos, aunque había navegado ya muchas veces a lo largo de su azarosa vida.

—¿Y esos dos? —interrogó con una media sonrisa amarga.

—Cualquiera sabe… —respondió el patrón, meneando negativamente la cabeza—, cualquiera sabe…

Ambos permanecieron en silencio durante unos segundos. Después el capitán continuó:

—Contraté a Bernardo hace tres años, cuando Jaime enfermó. Si quieres que te diga la verdad, nunca me ha gustado del todo este chico. Pero no puedo imaginar que sea responsable de esto. No imagino qué motivos podría tener. Y Carlos… Bueno…, ya sabes que Carlos no necesita motivos para portarse como un cabrón, pero no de esta forma, no como para cometer un crimen así…

Era más o menos lo mismo que opinaba él. Y no había modo de avanzar más en ninguna dirección. Si no hubieran visto esas marcas, podrían pensar en una muerte accidental. Había casos así. Gente joven y aparentemente sana que moría de repente. Pero las marcas en el cuello eran espeluznantemente reales y los cinco las habían visto. No había modo de pasarlas por alto. Así que el horror estaba servido. Y, de momento, era un horror sin explicación.

(B)

Bernardo estaba comiendo con gran apetito. Carlos era un buen pedazo de cabrón, eso lo sabían todos, pero había que admitir que sabía guisar. La salsa del bonito, reducida con vino blanco, era perfumada, consistente y sabrosa; llevaba eneldo y alguna otra especia algo picante, tal vez un poco de pimienta blanca.

Comieron casi en silencio, como si las trágicas circunstancias hubieran obturado por completo los habituales canales de comunicación. En condiciones normales solían gastar bromas continuamente, lo que favorecía la convivencia a bordo y ayudaba a disolver las ocasionales tensiones que inevitablemente surgían en toda travesía. Bernardo habría dado cualquier cosa por volver a la normalidad de inmediato. Se imaginaba activando un resorte o tecleando un código informático secreto para corregir el error. Pero eso no iba a ocurrir, ni aquel día ni tampoco las siguientes jornadas. Cada vez sería más difícil. Si no ocurría algo que cambiara el rumbo de los acontecimientos todo se pondría cada vez peor para él. Tenía que pensar deprisa. Debía trazar un plan de acción o moriría de angustia. Estaba convencido de que Daniel sospechaba ya que era el culpable, lo mismo que Adrián. Y ellos no tardarían en poner a Esperanza y a Carlos en su contra si no hacía algo. Pero ¿qué podía hacer?

—¿Por qué haces eso siempre? —preguntó Daniel de pronto cuando casi habían terminado de comer. Esperanza llevaba un rato con el móvil en la mano.

—Somos sus conejillos de Indias —se apresuró a explicar Carlos, quien parecía haber visto en aquella pregunta una buena oportunidad para reasumir su indiscutida condición de bufón titular de la tripulación—, está estudiando Psicología…

—Yo soy mi propio conejillo de Indias —replicó ella, mirando a Carlos con una mueca de disgusto, y luego continuó, dirigiéndose a los demás—: Estoy registrando por escrito mis cambios de ánimo. Es para un trabajo de psicología del entorno profesional. Se supone que grabaros de vez en cuando sirve para valorar el clima emocional que hay por aquí en cada momento…

—Ya. ¿Y qué clima emocional te parece que hay ahora? —la interrogó Carlos, casi agresivamente, aunque un poco entre dientes, con cierta cautelosa timidez. La pregunta quedó suspendida en el vacío de un abismo tenebroso hacia el que todos miraban con horror y del que no lograban ver el fondo. Nadie dijo una sola palabra más. Esperanza se levantó de la mesa y llevó su plato al fregadero.

Por primera vez pensó en entregarse, en confesarlo todo. Un segundo después de ser consciente de que había matado a Fernanda, durante la pasada madrugada, pensó en subir a la cubierta principal y saltar por la borda. Pero, en cambio, no se le había pasado por la cabeza la idea de confesarse autor del crimen. Eso se le acababa de ocurrir ahora por primera vez. Y la idea no dejaba de tener su atractivo, pero no lo iba a hacer aún. Si no había saltado del barco era porque quería jugar sus cartas hasta el último instante. Aunque, desde luego, no podía engañarse a sí mismo: sabía que no escaparía sin castigo de aquello; eso era casi seguro; y, sin embargo, cada minuto que pasaba allí, en medio del océano, sin que alguien lo acusara directamente, suponía una agónica victoria. En cierto modo, ya estaba en una prisión, pero no había rejas ni otros criminales con los que tuviera que convivir, ni llevaba tampoco la palabra «asesino» escrita en la frente. Todavía no. Así que no iba a ponérselo tan fácil. Primero se juzgaría internamente a sí mismo, y luego ya se vería cuál era el siguiente paso a dar. Aún estaba a tiempo de hacer justicia a su manera.

(A)

Hatria condujo el carruaje, tirado por dos alazanes, a lo largo de la muralla meridional, serpenteando por una carretera pedregosa junto a bancales poblados de olivos, hasta llegar a una explanada situada a cierta altura sobre el puerto. Caminamos unos metros y, con nuestras manos entrelazadas, nos asomamos a un acantilado rocoso desde el que se dominaba toda la bahía. El azul del mar resplandecía y centelleaba, aquí y allá, ante nosotros. Maravillados, alcanzamos a distinguir en la lejanía un barco que identificamos enseguida como una galera espartana, deslizándose casi sobre la línea del horizonte. La ciudad exhibía orgullosa su escalonada y bella fisonomía de casas ajardinadas; al otro lado se extendía el golfo hasta la altura del Plemmirio. La muralla resguardaba hacia abajo el barrio de Neápolis y el Olimpieo, al que separaban de la ciudad a nuestra derecha las aguas del Anapo y el oscuro pantano cenagoso en el que, en tiempos pasados, la peste había mermado y finalmente derrotado al ejército de Amílcar. Yo sabía que también los soldados atenienses pagaron allí el precio de la temeridad de sus generales durante mi adolescencia, y sentí un escalofrío de horror al recordarlo. Me volví hacia ella con los ojos enrojecidos por la emoción de ese instante, intensificada por la hermosura del paisaje que armonizaba con la de Hatria. Acerqué mis labios a los suyos y ella, con rubor sensual, entreabrió la boca para recibir mi beso.

Adrián dejó el libro sobre las sábanas revueltas y extendió las piernas y los brazos para desperezarse. Se iba a hacer muy larga aquella espera. Ni siquiera eran todavía las cuatro de la tarde. Se preguntó qué estarían haciendo los demás, pero llegó enseguida a la conclusión de que no le importaba en absoluto. La mejor opción, en aquellas circunstancias, era reducir al mínimo el contacto. Sin embargo, tendría que salir de aquella estrecha cabina en algún momento para no volverse loco. Volvió a pensar en Carlos. ¿No le dijo Fernanda en noviembre que se habían visto al menos una vez? Ahora, de pronto, estaba convencido de que así había sido, en efecto. Recordó, incluso, la situación concreta en que ella le habló de aquel encuentro.

Fue un comentario de pasada, durante aquel recorrido por la vía verde de Alcoi. Iban con un grupo de amigos de ella, aficionados al senderismo. Gente muy abierta y simpática a la que no había vuelto a ver desde entonces. Lo pasaron bien aquel día. Le había preguntado directamente, ahora lo recordaba con precisión: «¿Qué sabes de los demás? ¿Has visto a alguien del grupo?». Y la respuesta de ella: «Le he prestado a Esperanza algunos materiales..., apuntes, documentos míos de Psicología. Nos hemos visto un par de veces en Valencia y nos comunicamos por *email.*

A Carlos lo he visto en Alicante una vez. Cenamos juntos en el puerto...». No era difícil seguir en contacto para ellos. La productora tenía su sede en Valencia y todos vivían relativamente cerca; excepto Daniel y Bernardo, que operaban y residían en las Canarias. ¿Por qué no había recordado antes aquella conversación? Casi la había borrado de su mente por completo. No era nada relevante para él, desde luego. Aquello no cambiaba nada ni le importaba lo más mínimo. La relación que en aquel momento estaba a punto de iniciar con ella implicaba cualquier cosa menos un compromiso emocional o de cualquier otra clase. No había celos a la vista. Además, él no era, en general, posesivo. Había quedado a cenar con Carlos una vez; muy bien. ¿Y a él qué le importaba? Así debió de pensar en aquel momento, si es que llegó a pensar algo al oír aquella trivial confidencia. Pero ahora no podía dejar de imaginar que Fernanda pudo haber mantenido una relación con Carlos un poco antes de empezarla con él. Y se sentía —era inevitable admitirlo— ridícula y extemporáneamente irritado por esa idea. Se divirtió un momento contemplando aquel brote de mezquindad en su alma, e intentó librarse de él soltando una risa rabiosa en forma de resoplido caballuno. ¿Y qué —pensó— si ella se había tirado también a Carlos? Fernanda había sido una mujer soberanamente libre, y eso no tenía por qué ofenderlo de ningún modo. ¿O lo enfurecía que se tratara en particular de aquel prepotente y jactancioso compañero de andanzas al que realmente no soportaba? Debía pensarlo con calma. Tenía que ser frío y analítico. ¿Había matado Carlos a Fernanda? ¿Por celos? No podía creerlo. Le parecía inverosímil. Incluso era ir demasiado lejos el mero hecho de suponer, sobre la base de tan endeble indicio, que también podían haber mantenido una breve relación. Lo único cierto era que habían cenado una vez juntos, nada más.

En ese momento el barco osciló violentamente. Notó que le daba un vuelco el estómago. No se mareaba casi nunca, pero prefería incorporarse si iban a tener baile, así que se puso de pie y miró hacia el exterior por el ojo de buey. La previsión no era muy mala, según le había comentado Daniel, pero estaba claro que el oleaje se había incrementado. En efecto, observó una oscura superficie acuática erizada de crestas espumosas coronando gruesas olas que golpeaban con fuerza el casco. Estaba claro que iban a saltar un poco. Había que pasar el rato, así que decidió retomar la lectura de *El secreto de los atlantes*. Se sentó en la cama, leyó en diagonal cuatro o cinco páginas más, insustanciales, sobre los amoríos del intrépido Spiro y la enigmática Hatria. Pasó directamente al siguiente capítulo.

Vimos ante nosotros, en el mar, una isla envuelta por un anillo de agua, al que envolvía a su vez un anillo de tierra. Tres anillos azules rodeaban aquellas tierras de circunferencia cada vez más amplia, formando una ingeniosa estructura de canales concéntricos y cinturones de tierra firme. Sobre el más externo de ellos había una gran muralla que protegía un puerto atestado por millares de barcos y decenas de miles de hombres de muchos países. La Atlántida era más imponente y magnífica de lo que yo la había imaginado. En el redondo núcleo, las casas construidas con piedras blancas, negras y rojas formaban una suerte de escalinata circular que conducía a la acrópolis. En la cima se levantaban, uno junto al otro, los templos de Poseidón y de Clito, míticos fundadores del imperio perdido.

Nuestra nave se posó suavemente en el agua, muy cerca de la orilla. Hatria y yo descendimos por la rampa extensible, ansiosos por explorar aquella ciudad inigualada. Tras remontar unas escaleras de mármol, penetramos en el templo de Poseidón sin ser capaces de pronunciar ni una sola palabra para expresar nuestra admiración, que ya era desbordante. El edificio estaba enteramente revestido de plata, excepto en las acroteras, recubiertas de oro, que sostenían los ornamentos de los frontones. El interior de las paredes, las columnas y los pavimentos eran de oricalco, un metal que yo sabía muy bien que resultaba más precioso que el oro y cuyos reflejos imitaban los del fuego. La estatua de Poseidón, montada sobre un carro del que tiraban seis caballos alados, era de oro, y dominaba el interior del templo, alcanzando casi la bóveda. A su alrededor distinguí a cien nereidas que cabalgaban sobre delfines.

Parecía evidente que se había perdido algo importante. Así que pasó algunas páginas hacia atrás, y dio con un párrafo esclarecedor.

... una vez que os mostremos el funcionamiento de los mandos de esta máquina. Entonces podréis viajar hacia adelante y hacia atrás en el tiempo, así como volar bajo la cúpula celeste de un punto a otro de la tierra.

Los tres nos aproximamos a aquel extraño objeto con forma de plato invertido que parecía hecho de un metal muy pálido, casi blanco, el cual recordaba al nácar o al marfil. Nuestro guía, Anticles, prosiguió, extendiendo la mano hacia el enigmático ingenio:

—Este vehículo os permitirá visitar nuestro hermoso reino y contemplarlo en todo su esplendor perdido, como ningún mortal ha podido hacerlo en los últimos quinientos años.

Volvió a cerrar el libro. Lo colocó en la repisa y se echó en la cama bocabajo. Pensó en aquel mito que había fascinado a generaciones, siglo tras siglo, civilización tras civilización. Probablemente, al viejo Platón le hubiera sorprendido. Spiro y Hatria eran todos los lectores, por supuesto. ¿Quién no desearía pasear un rato, de la mano de su pareja, por un continente perdido? O sobrevolar un aeropuerto pilotando un ovni fabricado por ingenieros atlantes, haciendo cortes de manga, y hasta algún calvo, a los controladores aéreos. Seguro que sería divertido. La leyenda de la Atlántida —especuló— lo tenía todo. Hablaba de un pasado remoto y fantástico, pero al mismo tiempo conectado con la verdadera historia de la Grecia clásica y con la posibilidad utópica de un mundo feliz gracias a la ciencia y a la tecnología. Y además, era fácil tender puentes hacia el exuberante y desmadrado mundo de la ufología. Pero lo que más fascinaba al gran público era esa síntesis arcaico-futurista de salvación tecnocientífica. Desde la Ilustración, pensó, la ciencia se había convertido en la religión verdadera para la filistea clase media occidental. Y ahora que la clase media estaba en vías de extinción, como por efecto de un plaguicida de alcance global, lo que quedaba de ella, ciudadanos hastiados de la política, se aferraba a esa fe con un fervor acrítico parecido al de los yihadistas. Por otra parte, encontraba lamentable constatar que las lumbreras del cientificismo llevaban dos siglos largos prometiendo felicidad para todos; y, sin embargo, bien entrado el siglo XXI, estaban viviendo la época más depresiva de la historia reciente. Como había leído en alguna parte, cada avance colectivo de la humanidad entrañaba un retroceso, un paradójico castigo. La revolución del Neolítico, por ejemplo, ató a la gente al monocultivo y a la esclavitud, empobreciendo de paso su dieta. Y ahora, en el presente, los proliferantes mecanismos de protección social favorecían el miedo a perderlo todo. Cuanta más comodidad y seguridad, más intensa y más acuciante se volvía la presencia absolutista de la muerte.

Y todo esto, por supuesto, lo llevaba a la gran pregunta, a la pregunta eterna. Platón creía en un alma separada del cuerpo que podía sobrevivir sin él. Absurdo. Pero la solución del cristianismo era incluso más inverosímil todavía: la resurrección del cuerpo. ¿Quién podía creerlo en serio? Y, sin embargo, todo dependía de eso. ¿No era ya un milagro en sí mismo que esa creencia hubiera soportado más de dos mil años de historia? ¿No era portentoso que hubiese sobrevivido a la Ilustración, al marxismo, al psicoanálisis, al capitalismo global e incluso a la informática? ¿No estaban hablando los propios cosmólogos de otros universos realmente existentes? Todo era descabellado; así que tal vez fuera mejor dejarse llevar, ya que de una manera o de otra la estupidez humana y la irracionalidad del mundo formaban una trampa inescapable. En aquel momento, ser inteligente no le parecía sino el modo más cruel de ser idiota, un auténtico escarnio. Así que sin creer en algo no había nada que se sostuviera en pie, y menos cuando uno ya había cumplido los cincuenta y cuatro, como era su caso. Sin embargo, con sinceridad, tenía que admitirlo: él también querría ser un atlante. Era tentador, después de todo, eso de vivir en un mundo bello y fascinante, en la más exquisita inconsciencia hasta la catástrofe final. Formar parte de una sociedad de lotófagos, un mundo de ocio científicamente controlado y planificado para no tener tiempo ni siquiera de presentir el cataclismo. Aunque, por otro lado, cierta rebeldía insobornable de su ser rechazaba esa idea con heroica obstinación. Él quería ser él ante todo y por encima de todo. De manera que al problema no se le veía solución por ninguna parte.

Y, en ese instante, la intuición demoledora de la gran tragedia colectiva en la que estaba inmerso le trajo a la mente de nuevo la conciencia directa de la tragedia concreta que estaban viviendo en el barco. Volvió a pensar en Fernanda y lo invadió una extraña oleada de ternura, como si sintiera de pronto el impulso extemporáneo de protegerla. ¿Se había enamorado de ella inadvertidamente? No, no lo creía; pero no cabía duda de que esa chica alocada y resuelta le había llegado a provocar algún sentimiento de afecto. Se conocía lo suficiente como para saber que él apenas era capaz de concebir el sexo sin que mediara el cariño en alguna medida. Casi le parecía un dato curioso, teniendo en cuenta lo azaroso de su biografía, el hecho de que jamás hubiera pagado a una prostituta. Nunca había entregado dinero por sexo, y le costaba incluso imaginarse en esa situación. Gabriela, su exmujer, lo sabía muy bien, y una vez le confesó que se había enamorado de él, entre otras cosas, por esa peculiar forma de ser. «Eres un sentimental», diagnosticó ella cuando movió cielo y tierra para encontrar un sustituto en la realización de *Líate con mi jefe* y así poder asistir a la actuación de César en su colegio al final del último curso de primaria. Le gustaba pensar en sí mismo como en un tipo duro y no demasiado emotivo, pero era muy posible que Gabriela tuviera parte de razón. No podía negar que quería a sus hijos y que se enternecía al pensar en ellos, a pesar de los problemas que no dejaban de causarle. Hacía año y medio que habían descubierto que Noelia frecuentaba compañías poco recomendables, como la de su bulímica amiga Rosa, y había empezado a consumir cannabis y alguna otra sustancia incluso menos recomendable. Ese fue solo el principio de la tormenta que estaba a punto de desencadenarse; a continuación, vinieron una serie de iniciativas temerarias, como la de ir al Atlas con unos amigos italianos que había conocido en un intercambio Erasmus —Noelia contaba en ese momento con dieciséis años; por fortuna, Gabriela estuvo enteramente de acuerdo con él, de modo que la adolescente se encontró con una infranqueable doble negativa parental— o la idea de iniciarse en un ritual chamánico en cierta comuna de Baleares —algo que desde luego también le prohibieron—. Fue entonces cuando su mujer se empeñó en llevarla a un experto en mediación familiar que ni siquiera tenía un título oficial en Psicología. Aquel sujeto ofrecía una terapia muy en boga basada en juegos y convivencias de fin de semana para toda la familia que a él le pareció desde el principio un verdadero timo. Sin embargo, aceptó participar en algunas de aquellas jornadas para no romper el frente común con Gabriela y acabar reprochándose algún día el no haberlo intentado todo. Curiosamente, su notoria incomodidad en aquellas reuniones de los sábados, que culminaban en insufribles e interminables charlas con el mediador sobre sus pasados problemas de pareja y acerca de las situaciones desagradables que habían vivido en casa durante la primera infancia de sus hijos, acabó generando una especie de secreta corriente de solidaridad con su hija Noelia. Empezaron a verse más a menudo y ella terminó contándole algunas de sus preocupaciones, lo que no condujo a una solución inmediata de sus problemas, pero sí contribuyó a una mejora de la comunicación entre ellos y a alguna fructífera negociación sobre lo que era o no permisible para una estudiante que aún no había alcanzado la mayoría de edad. De modo que, aunque fuera de un modo indirecto y alternativo, no se podía negar que el programa del mediador había dado finalmente algún resultado.

Mediadores, terapeutas, asesores, expertos de todas clases. Esa era otra de las plagas que debían soportar en aquella época. Sus contemporáneos, los nuevos atlantes, no se cansaban de perseguir la felicidad como los galgos del canódromo persiguen a la liebre. Y para eso estaban los expertos, claro. Para explicar a los frustrados ciudadanos de Neo-Atlántida que la culpa de no ser felices era de ellos mismos, mostrándoles —con sus lucrativas actividades— que la felicidad mundana era muy posible, y hasta fácil de lograr. Los atlantes vivían para la diversión, por supuesto, y no para alguna otra meta que erizase de obstáculos su camino. La felicidad, según ellos, no tenía nada que ver con el sentido de la vida, ni con la ética, ni con ninguna otra zarandaja por el estilo. Se trataba de un simple problema técnico, así que eran los técnicos quienes debían solucionarlo. Cuando un atlante tenía un problema, siempre aparecía algún experto —en el rellano de su escalera, en la televisión, en la pantalla del *smartphone*, detrás de la cortina del baño...— para solucionárselo. Y, si en su relación con ese experto surgía otro problema, entonces venía un segundo experto que lo solucionaba, claro. Había expertos para todo en el mundo contemporáneo. Por ejemplo, si un atlante descubría que era muy feliz cuando machacaba con una piedra el dedo corazón de otro atlante, un grupo de expertos atlantes le explicaban que eso no estaba bien. Le ponían música *new age* de flauta dulce y sintetizador, lo besaban, lo acariciaban y lo llevaban a nadar con delfines. Entonces, el atlante machacador se convertía en un experto en felicidad que se ganaba muy bien la vida ayudando a otros, o sea, sacándoles el dinero en vez de machacarles los dedos con un martillo, lo que resultaba mucho más razonable y constructivo para todos. Incluso si alguien, a escondidas, dejaba de sonreír como un idiota, los expertos lo detectaban de inmediato y acudían allí para explorar todos sus orificios y averiguar por cuál de ellos era factible inyectarle una dosis de felicidad. Se le ocurrió que deberían existir expertos exterminadores de expertos. A menudo él se sentía como un superviviente de algún continente desaparecido: una tierra virgen, libre de expertos en felicidad.

El barco se estaba moviendo cada vez más. La cosa prometía ponerse emocionante. Pensó que era ya el momento de reunirse con los otros. Al menos, quería preguntarle a Daniel si se había producido algún cambio en el pronóstico. Según lo que le había explicado aquella mañana durante el desayuno, Victoria se alejaba y no habían recibido aviso de ningún otro temporal activo cerca de ellos o en su ruta inmediata. Se sentó en la cama y se calzó los deportivos, pero lo pensó mejor. Miró el reloj: las cuatro y media. Volvió a descalzarse. Era preferible esperar como mínimo hasta las cinco. Convenía achicar el tiempo de convivencia en lo posible. Miró con apatía el libro que muy poco antes había depositado en la pequeña leja de latón; se resignó a la idea de continuar con la lectura media hora más. Spiro y Hatria resultaban manifiestamente más aburridos, pero también bastante más inocuos que sus compañeros de viaje.

(B)

Esperanza había desaparecido hacía un buen rato. Seguramente se había refugiado en su camarote. Daniel estaba arriba, en el puente. Y Adrián acababa de subir, sin duda para hablar con él, probablemente sobre ellos dos, claro. Sobre los dos que quedaban en el comedor, Carlos y él. Un par de buenos elementos, ¿no? Hacía un esfuerzo titánico para parecer relajado. Pensaba que casi lo estaba logrando. Tenía a Carlos enfrente, al otro lado de la mesa, con las manos apoyadas en el mantel, moviendo los dedos como si tocara un teclado y escrutándolo sin el menor disimulo. ¿Estaba sonriendo? Era difícil decirlo, pero podía ver sus dientes pequeños y bien alineados, algo amarillentos aunque no era fumador. Tal vez —pensó— lo había sido en el pasado.

—Ya veremos —musitó, asintiendo levemente, y luego emitió un siseo que prolongaba la ese final, proyectando un delgado chorro de aire por encima de la lengua.

Bernardo no dijo una palabra. Intentó que su aspecto recordase todo lo posible al de un impávido cactus en medio del desierto, pero le sostuvo la mirada sin pestañear. Era consciente de la importancia de hacerlo.

—Entonces… —añadió Carlos, sin mucha coherencia discursiva—, entonces, ¿trabajaste mucho tiempo en el mercante?

—Un año.

—Un año —repitió su compañero—. Yo no aguantaría, creo. ¿Todo seguido?

—No, seguido no. Fueron varias travesías. Tres o cuatro en un barco y dos en otro. En el Lydia estuve de mecánico y en el Sierra Nevada de ayudante de maquinista.

—¿No es lo mismo?

—Parecido.

¿Qué había detrás de aquellas preguntas sobre su pasado profesional? Carlos no le daba miedo. No tanto como Adrián y un poco menos que Daniel. Le parecía un comediante, más que nada. Siempre iba de farol. No esperaba que fuera capaz de sorprenderlo con una reacción inesperada. Lo encontraba bastante previsible. Decidió tomar la iniciativa. Le pareció lo más apropiado en aquella situación. Valía cualquier cosa que le sirviera para mantener el control, al menos parcialmente.

—Antes estuve en un pesquero, el Don Pedro. Más o menos como este. Un poco más pequeño. Pero era un arrastrero, no un atunero. En esa época vivía en Santa Pola. Navegábamos por el Mediterráneo. A veces íbamos a pescar cerca de Libia. Una vez rescatamos a unos negritos... Eso fue cuando empezó por allí el descontrol, después de que se cargaran a Gadafi...

—¿Sí? —dijo Carlos con vivo interés—. No sabía lo del pesquero. ¿Por qué lo dejaste?

—No me apetecía seguir. Era duro. Lo de los mercantes es un poco mejor. Por lo menos no pasas tanto frío. Y tienes más espacio. A veces puedes estar solo. Eso es importante para mí. Aunque también te digo que los del pesquero son todavía como mis hermanos. En cambio, no sé nada de los otros. Entre una cosa y otra estuve más de un año en paro. Pasé una época mala cuando murió mi madre.

Carlos inclinó la cabeza un poco hacia un lado, como para expresar su pésame. Bajó la mirada y empezó a romper con cuidado una servilleta de papel, tratando de obtener dos partes iguales, después las colocó una sobre otra y repitió la operación.

—Murió joven, ¿no?

—Cuarenta y cuatro.

—Y con tu padre ¿tienes alguna relación?

—Mi padre se largó cuando yo era un crío de tres años y no lo he vuelto a ver.

—Joder —dijo Carlos, lacónico y con cierta socarronería.

—¿Tú ves mucho a tus padres? —decidió preguntarle. Sabía que no estaba casado ni tenía hijos.

—Sí, nosotros... en mi familia somos un poco como los gitanos, o como los irlandeses, muy de clan, ¿sabes? —Bernardo asintió con una sonrisa casi efusiva—. Nos mola eso de reunirnos en casa de mi hermana y pelearnos toda la mañana para ver quién asa los chorizos y quién prepara la ensalada. Esas movidas. Tengo sobrinas. Cuatro sobrinas pequeñas. La mayor tiene ahora trece. Y un sobrino que ya es tan alto como yo, el cabrón. Tiene dieciséis y juega al baloncesto de puta madre. Quiere ficharlo el equipo de una universidad de Murcia. A lo mejor se puede ganar así la vida y todo…

Carlos se pasó de una mano a otra los pedazos de papel de la servilleta y luego los vertió sobre su plato como si fueran confeti. Estuvieron en silencio algo más de un minuto. El barco había empezado a balancearse mucho. Bernardo pensó en levantarse y llevar su plato vacío al fregadero, pero no quería ceder, no podía ofrecer ninguna muestra de debilidad. Y la prisa innecesaria era siempre un signo de debilidad.

—Tú eres profesor, ¿no? —preguntó a Carlos, tratando de dar muestras creíbles de estar interesado en prolongar aquella banal conversación.

—En excedencia. Si todo sigue como va, creo que me podré dedicar a la empresa todavía unos años. Y si no, pues a dar clase otra vez, qué le vamos a hacer. Yo no tengo problemas. Andrea, mi pareja, es profesora en ejercicio. Da clase en un instituto de Játiva. Tú eres de por ahí, ¿no?

—Me crie en Altea. Luego viví un tiempo en Santa Pola. Y desde hace un par de años estoy en Tenerife. Desde que trabajo con Daniel.

—Claro —rubricó el geólogo comprensivamente.

Luego se produjo otro silencio, más prolongado incluso que el anterior.

—¿Has matado a Fernanda? —le preguntó Carlos sonriendo y sin el menor énfasis. Bernardo correspondió instintivamente a su sonrisa, después de un brevísimo instante de pánico que más o menos logró disimular. Se había equivocado de medio a medio al pensar que aquel no era capaz de sorprenderlo. No respondió enseguida. Comprendió que eso sería, por supuesto, lo peor que podría hacer. Bajó la vista, meneó negativamente la cabeza y se forzó a reír como para sí mismo.

—¿La has matado tú? —interrogó, levantando una frente desafiante sobre unos ojos todavía rientes que le picaban un poco. ¿Tendría las venas de las sienes hinchadas?

—No, yo no. Claro que no. Y Adrián tampoco.

—¿Y Daniel? —preguntó Bernardo, demasiado ansiosamente.

—No, qué va —dijo Carlos con rotundidad, negando con la cabeza—. Daniel no..., es..., es demasiado mayor para esas tonterías. Y, además, en su propio barco. No, no me lo creo.

—¿Y por qué piensas que he sido yo? —preguntó Bernardo sin perder la calma.

—No, cuidado. Yo no sé quién ha sido —le corrigió Carlos—. Solo te he preguntado. No estoy seguro de nada. Puede que haya sido Adrián, aunque me sorprendería. Y tú..., bueno, estás en la edad justa para algo así. Esa es la verdad. Lo que no tienes es un motivo, que yo sepa. Pero claro, como todos aquí, aparentemente. Y, sin embargo, alguien lo tendría, ¿verdad? Alguien debía de tenerlo. Porque esas marcas..., ese cuello. Fernanda no ha muerto de un ictus, eso está bastante claro, me parece.

—Sí —corroboró Bernardo—, eso sí es cierto. Alguno de nosotros la ha matado, sin duda; pero te aseguro que no he sido yo, ¿sabes?

(A)

Llevábamos algún tiempo caminando por una playa de arena blanquísima, frente a aguas del color de las esmeraldas. A pocos pasos de donde nos encontrábamos, se extendía un jardín exuberante, como nunca habíamos visto otro parecido. Las palmeras no nos resultaban desconocidas, pero yo nunca las había visto tan altas y esbeltas como aquellas que se alineaban cerca de nosotros, no muy lejos del mar. No sabíamos qué lugar era aquel y tampoco en qué punto de la escala del tiempo nos hallábamos, porque el vehículo que nos había proporcionado Anticles era gobernado por un ingenio que pensaba por sí mismo y tomaba decisiones propias, una vez que habíamos introducido las pautas generales de nuestro itinerario, rozando números y letras con las yemas de los dedos sobre un tablero de cuarzo.

—Yo he confiado en ti hasta el punto de abandonar a mis padres y Siracusa, la ciudad donde he vivido desde que nací y que era todo cuanto conocía —me dijo Hatria con un tono dulcemente melancólico.

Al oír su conmovedora declaración, me volví hacia ella sonriendo y la tomé de la mano mientras las aguas templadas de aquel mar tranquilo nos lamían los pies y los tobillos.

—Yo cuidaré de ti, Hatria —le aseguré entonces—, porque tú eres la mujer con la que he soñado desde mis años de mocedad y con la que estoy dispuesto a compartir, no solo este viaje a lugares remotos y desconocidos, sino también para siempre mi lecho y mi propio destino.

—Pero tú no confías en mí, Spiro —me reprochó ella con una dulce tristeza que me desgarró el corazón.

Entonces me detuve sobre aquella arena tan fina que parecía harina de maze, igual a la que había visto en mi niñez al visitar el artokopeion, propiedad de un amigo de nuestra familia.

—Sí confío en ti. Claro que confío en ti. ¿Cómo quieres que te lo demuestre?

—Si eso es cierto, si me quieres como afirmas, ¿por qué no me cuentas lo que te dijo Anticles a mis espaldas sobre este viaje a través del tiempo? Si me has entregado de veras tu corazón, Spiro, y si confías en mí tan ciegamente como yo en ti, ¿por qué no me revelas el propósito de nuestra aventura? ¿Qué estamos buscando en estas épocas tan lejanas que no podamos alcanzar en nuestro propio siglo? ¿Por qué no eran para nosotros suficientes Atenas o Siracusa para ser felices y criar a nuestros hijos? ¿Cuál es la razón de que, impelidos por las instrucciones secretas que te confió el viejo sabio atlante, hayamos venido a parar a un lugar tan extraño como este, aunque también sea, por cierto, muy hermoso?

En la serenidad de aquella playa ignota, viendo su pelo ondular suavemente, animado por una brisa cálida y ligera, entendí que Hatria tenía razón y decidí revelarle el secreto que hasta aquel momento había preferido reservarme.

—Tienes razón: no he sido lo bastante leal y sincero contigo. Libremente has decidido acompañarme y ha llegado el momento de que corresponda a tu fidelidad con la verdad que hasta ahora te he ocultado. Anticles me explicó que la Atlántida sucumbió no a una catástrofe natural, sino en verdad a su propia codicia. Sus ancestros, los habitantes del reino perdido, habían logrado dominar la naturaleza hasta un extremo que nosotros apenas podemos concebir. Una prueba tangible de esos prodigios es esta máquina que nos transporta a través del tiempo y el espacio. Pero todos esos logros no fueron suficientes para salvar de la destrucción a los antepasados de Anticles. El desorden que produjeron sus invenciones en los ciclos sagrados de la naturaleza y ciertas luchas intestinas por el poder terminaron por desencadenar el cataclismo que puso fin a su espléndida civilización. Unos pocos sobrevivieron a esa catástrofe y, como sabes, todavía viven escondidos para preservar los tesoros de su ciencia y guiar a otros hombres a una era de esplendor como la que ellos conocieron siglos atrás. Según Anticles, los cálculos y predicciones que han realizado con ayuda de ingenios pensantes como el que guía el vehículo en el que viajamos les han advertido de un peligro mayor que acecha no ya a un pueblo en particular, sino a toda la humanidad del futuro. Los hombres, en una época venidera, muy distante de la que nos vio nacer, lograrán hazañas tecnológicas comparables a las de los atlantes, pero también incurrirán en desatinos y excesos parecidos a los suyos. Por esa razón, la vida en la tierra se verá gravemente comprometida. Sin embargo, existe un modo de detener la aniquilación de animales y de plantas que podría poner en peligro a la propia humanidad. Se trata de una fórmula que permitirá recuperar formas de vida que fueron erradicadas de la tierra y del mar por la rapiña de los hombres del futuro. Y nosotros, querida Hatria, somos los portadores de esa fórmula, así como del instrumental necesario para ponerla en práctica con eficacia y proteger así la vida amenazada. El reto al que nos enfrentamos ahora es el de hallar el lugar y la época adecuados para cumplir nuestra misión. Lamentablemente, Anticles no pudo proporcionarme indicaciones demasiado precisas sobre esa materia, de modo que debemos viajar hacia el futuro y visitar distintos lugares hasta que nosotros mismos descubramos la peligrosa encrucijada en la historia de nuestros descendientes, para ayudarlos a evitar el colapso final que los llevaría a la extinción.

No había terminado de pronunciar estas palabras, a las que Hatria prestaba una atención embelesada, cuando distinguí en la lejanía a un grupo de personas que salían del follaje espeso que se extendía a lo largo de toda aquella costa luminosa y cálida. Parecían mostrar una tímida curiosidad hacia nosotros. Ella se volvió en la misma dirección en la que yo miraba y se sobresaltó al distinguir a aquel grupo de hombres casi desnudos que nos observaban desde la lejanía. Traté de calmarla, rodeando sus hombros con mi brazo. Eran gentes de piel semejante a la nuestra, aunque de un tono algo más cobrizo, como es común entre los etíopes, por ejemplo. Y se acercaban despacio, caminando con notable cautela hacia nosotros. Vestían faldas de colores, su pelo estaba peinado y recogido en largas trenzas que les caían sobre los hombros, portaban rudimentarias lanzas de madera y vistosas plumas adornaban sus cabezas.

De pronto, uno de ellos gritó algo y señaló hacia el mar. Los demás, alertados por su gesto, se detuvieron y también dirigieron la vista hacia el océano. Extrañados por su actitud, Hatria y yo hicimos lo propio, de un modo casi instintivo. Muy lejos, casi sobre la línea del horizonte, pudimos distinguir tres barcos de amplísimas velas y altos mástiles. Eran naves de un tipo que yo no había visto jamás en los mares que rodean mi Grecia natal.

—Sé que en este punto del tiempo y en este lugar va a suceder algo que cambiará el rumbo de la historia humana —le expliqué a mi amada—, porque el sofista mecánico que gobierna nuestro vehículo así lo indica, pero no creo que sea aquí donde debemos aplicar los conocimientos y el ingenio de los que somos portadores. Volvamos a nuestra nave y continuemos nuestro viaje hacia el futuro.

Adrián cerró el libro y volvió a mirar la hora. Faltaban nueve minutos para las cinco. Hatria y Spiro acababan de asistir, sin saberlo, al descubrimiento de América y su peripecia prometía volverse cada vez más descabellada. Traspasado cierto umbral, incluso podría llegar a ser interesante. Era cuestión —pensó— de llevar lo suficientemente lejos la desinhibición imaginativa. Una torpeza sostenida con fanática obstinación podía llegar a convertirse en un verdadero logro artístico.

Pero ya había llegado el momento de reunirse con los demás, así que dejó la novela en la repisa y volvió a calzarse los deportivos. El barco seguía navegando a toda máquina en lo que parecía una incipiente marejada; el efecto del creciente oleaje resultaba claramente perceptible cuando, cada dos o tres minutos, la quilla ascendía y descendía de un modo especialmente vertiginoso y la oscilación producía en su estómago el mismo efecto que una atracción mecánica de feria. Se preguntó qué estarían haciendo los otros. No se oía ningún ruido, excepto el rumor constante de la máquina. ¿Dormían? No. Nadie podría dormir en tales circunstancias y con un mar tan agitado. Todos estaban rumiando lo sucedido; incluido el asesino de Fernanda. Sin poder ni querer evitarlo volvió a pensar en Carlos. Cuando Daniel, al final de la comida, había interrogado a Esperanza sobre su afición a grabar con el móvil las situaciones más cotidianas, ella se había sentido visiblemente atribulada; y él, claro, no fue capaz de renunciar a una ocasión tan propicia para hostigarla: «Somos sus conejillos de Indias...». Era vitriólico por naturaleza, sobre todo con las mujeres. Le gustaba mostrarse protector con ellas, sí, pero pasaba fácilmente de un extremo al otro y en la práctica nunca aceptaba con sincera convicción una situación de igualdad. De hecho, necesitaba a menudo hacerles la competencia, y si no podía dominarlas utilizaba su sarcasmo a modo de arma defensiva. Y cuando alguien le reprochaba esa actitud, entonces se acogía al catecismo feminista para argumentar que simplemente las estaba tratando sin condescendencia: «¿Y qué clima emocional te parece que hay ahora?».

Sin embargo —reflexionó Adrián mientras sacaba una sudadera de la taquilla, previendo que a partir de aquella hora podría bajar un poco la temperatura en el exterior—, si él hubiera asesinado a Fernanda, su actitud habría cambiado, lo que sin duda se notaría en su conducta que entonces ya no sería la habitual. ¿O tal vez sí? Volvió a preguntarse si era posible que Carlos hubiese mantenido una relación con ella después de la expedición del pasado verano; porque, si eso había sucedido realmente, entonces la idea de que él lo suplantara luego como amante de la enfermera probablemente le habría parecido intolerable al geólogo. Pero ¿podía haberse enterado de lo suyo con Fernanda? No había modo de confirmarlo o descartarlo. Si había sido así, si la noticia, o simplemente algún mínimo indicio de ella, le había llegado por uno u otro conducto, al mezclarse con su frágil ego, con su incurable narcisismo y, sobre todo, con la rivalidad que mantenían, todo ello junto podría sin duda haber desencadenado la ineluctable explosión de ira. ¿Había ocurrido de ese modo? ¿Era esto realmente posible? Porque en verdad seguía siendo incapaz de representárselo como un asesino; si bien el pusilánime Bernardo y el cachazudo patrón del Bóreas, su amigo Daniel, le parecían candidatos igualmente improbables para el siniestro papel.

Fue en ese instante cuando ya tenía agarrada la sudadera con la mano derecha y se disponía a salir, fue en ese preciso momento cuando una idea terrible asaltó su mente como un ariete que derriba el portón de una fortaleza. Tarde o temprano alguien descubriría su relación con Fernanda. Seguro que ese secreto saldría a la luz antes o después. De pronto le parecía algo inevitable. Recordó la primera vez que se acostaron. Fue en su piso de Alcira, a finales de noviembre, de una manera planificada y poco romántica. Decidieron juntos que había llegado el momento y sencillamente lo hicieron. Fernanda vivía en Alicante. Lo había llamado unas semanas atrás para decirle con absoluta desenvoltura que lo echaba de menos. Sin más. Sin necesidad de pretextos o preámbulos de ninguna clase. Se lo confesó abiertamente, entre risas, y luego le propuso lo de la ruta verde. No cabía duda de que era una chica resuelta y tenía muy claro lo que quería. Después de eso pasaron un sábado juntos en Alicante. Y a finales de noviembre fue ella la que se desplazó a Valencia.

Aquel viernes terminaron en la cama, por así decirlo, ya que en realidad el sexo tuvo lugar en el salón comedor, específicamente en el tresillo, que había sido el lugar concreto en el que ella le practicó una irreprochable felación. Tuvo que hacer un esfuerzo para no correrse de inmediato. Después de separarse de Gabriela había tenido una única relación, pero no duró mucho, y en ese momento llevaba bastante tiempo en el dique seco, por lo que su excitación era máxima. Tomó la cabeza de Fernanda con las dos manos lo más delicadamente que pudo, notando en las yemas de los dedos la deliciosa suavidad de su cabello, y le pidió que parase. Por alguna estúpida razón, le pareció inadecuado, de mala educación, eyacular en su boca durante su primer encuentro sexual; así que, con un gran esfuerzo de voluntad, extrajo el pene de entre sus sensuales labios y le pidió que se desnudara. La chica obedeció, se recostó en el tresillo y él entonces empezó a acariciarla. Ella tuvo dos orgasmos en muy poco tiempo antes de que él le pidiera que se sentara a horcajadas sobre sus caderas. Después de la penetración tardó menos de un minuto en correrse. Así que todo ocurrió en el comedor. Y le parecía tan lejano que casi no podía creerlo. No podía creer que ella estuviese muerta. Sintió rabia. Una indignación furiosa mezclada con miedo. ¿Y si decidían culparlo a él de su muerte? ¡No era descabellado! Nadie de la expedición tenía la menor idea de lo que había pasado entre ellos, pero sí lo sabían algunos amigos suyos de Valencia. Y también algunos de los amigos de ella. Los de la excursión de Alcoi, por ejemplo. De eso estaba bastante seguro. No podría ocultarlo si tenía lugar una investigación policial, algo que ya era totalmente inevitable.

Adrián entró en pánico. Pensó en César y Noelia. ¿Cómo reaccionarían ante todo aquello? Lo que ahora menos le importaba era el logro profesional, el tanto que podría apuntarse con su productora si el documental sobre la pirámide sumergida de la Atlántida tenía el mismo éxito que el del Triángulo. En realidad, todo eso lo hacía para asegurarse el trabajo en los próximos años, nada más, con un sentido eminentemente práctico; abandonadas para siempre las ambiciones artísticas, las ínfulas intelectuales de antaño, se había resignado a un desarrollo totalmente prosaico de su carrera. Asegurada su posición económica, podría dedicarse completamente a sus hijos, quienes constituían su verdadera y absoluta prioridad. Pero toda su vida podía deslizarse hacia un despeñadero si salía a la luz su relación con Fernanda y se convertía en sospechoso de asesinato, nada menos. Todo lo que estaba sucediendo le parecía una pesadilla absurda, una broma macabra en la que se veía involucrado por la maldad inescrutable de alguien con quien compartía mesa y mantel a diario. Era atroz y, además, carecía de sentido. Pero no tenía por qué tenerlo para que su vida se viera enteramente arruinada.

*

Cuando subió a cubierta, le sorprendió un poco encontrarlos a todos allí. Era como si lo hubieran estado esperando, porque nadie parecía realmente ocupado con nada en particular, más allá de dejar pasar el tiempo en compañía. Daniel y Bernardo estaban juntos, de espaldas a él en aquel momento, mirando hacia el océano apoyados en el pasamano de la borda de babor. Por lo visto, a pesar de aquel mar agitado estaban navegando con el piloto automático, lo que no dejó de extrañarle. Esperanza miraba algo con mucha atención en la pantalla de su móvil, con las nalgas apoyadas en el chigre de popa, procurando mantener el equilibrio con las piernas separadas, y Carlos estaba sentado de nuevo en el banco de la regala, con las piernas y los brazos cruzados. Precisamente él fue el primero en dirigirle la palabra.

—Bienvenido a Oz, hombre de hojalata —dijo sonriendo. Era una antigua broma entre ellos, relacionada con sus conversaciones sobre viejas lesiones no del todo curadas y sus respectivos problemas de articulaciones. Podía entenderse como un signo de complicidad, pero lo cierto era que Adrián encontraba irritante su indiferencia, su actitud indolente ante la tragedia que se estaba viviendo a bordo. Se diría que no le importaba lo más mínimo, o quizá era su forma de disimular.

Bernardo y Daniel se volvieron hacia él al oír a Carlos. Pasando por alto el chiste, Adrián se dirigió al patrón del barco.

—¿Tenemos tormenta cerca?

—Ya te lo he dicho. Está muy al norte, va hacia Florida. La estamos dejando atrás.

Era tranquilizador oír eso, porque el mar estaba en ese momento realmente picado y la proa penetraba con estruendo en olas de al menos dos metros, aunque allí, al aire libre, no se notaba el cabeceo tanto como en el camarote. Miró alrededor. Estaba cubierto casi hasta el horizonte, pero se dirigían hacia una franja de nítido cielo azul en la que apenas se distinguía alguna pequeña e inocente nube algodonosa. El sol, un chafarrinón de luz en un lienzo gris, lo tenían ahora a popa. Así que navegaban hacia la noche. El mar era de un azul oscuro, casi siniestro. En ese momento le pareció que se deslizaban por la espalda de un descomunal ser viviente, recubierto de una musculatura acerada que se hinchaba amenazadora por todas partes. Las guirnaldas de espuma componían una auténtica red venosa. Era una verdadera exhibición de fuerza, aunque según Daniel viajaban, rumbo nordeste, hacia la calma. En cinco o seis días, si las condiciones seguían siendo buenas, llegarían al puerto de Tenerife. Pero un poco antes, al parecer, recibirían una visita.

Adrián puso un pie en el chigre, junto a Esperanza. Colocó las manos sobre la rodilla derecha y volvió a mirarlos uno a uno. ¿Nadie tenía nada que decir? ¿Habían sellado a sus espaldas una especie de pacto de silencio? A su juicio, hablar de lo que había ocurrido no contribuiría a mejorar mucho las cosas, pero tal vez serviría para empezar a esclarecer lo sucedido. En todo caso, le parecía inevitable. Fingir que todo seguía siendo normal en el barco resultaba inhumano, verdaderamente monstruoso. ¿Nadie iba a decir ni una palabra sobre aquello?

—¿Nadie tiene nada que decir?

Los tres hombres se volvieron hacia él entre alarmados y sorprendidos, pero Esperanza apenas apartó los ojos de la pantalla del *smartphone*. Ahora lo miraban como a un enemigo. Ya no tenía sentido tratar de volver al silencio protector.

—¿No vamos a hablar de lo que ha pasado?

—Hablar no sirve para nada —declaró Bernardo con aplomo, casi con solemnidad—, dejemos que la policía haga su trabajo cuando lleguemos a puerto, ¿no? Yo estoy muy tranquilo.

—Sí, todos estamos demasiado tranquilos —dijo con una nota de agresividad que no se esforzó en disimular—, a eso es a lo que me refiero.

—¿Y qué propones? —dijo Daniel, desconcertado por su actitud.

—No propongo nada. Que hablemos. Solo eso.

—Ayer fue un día como otro —observó Carlos—. No pasó nada anormal, que yo sepa.

—¿Y eso a qué nos lleva? —preguntó Esperanza.

—Nos lleva…

—Nos lleva a que uno de nosotros está loco como para atarlo —interrumpió Bernardo con mucha determinación—, pero yo no voy a acusar a nadie.

—Nadie va a acusar a nadie… de momento —corroboró Adrián.

—De momento —repitió Carlos—. ¿Luego sí? ¿Esperas que hagamos eso? ¿Empezar a acusarnos unos a otros?

—Yo no espero nada. Solo quiero saber… qué pensáis de… de lo que ha ocurrido. ¿Estoy yo loco? ¿Os parece tan raro que hablemos un poco de la muerte de Fernanda?

—Hablemos —dijo Daniel con calma.

—Analicemos un poco las cosas. No ha sido una muerte natural, ¿verdad? Hasta ahí creo que estamos de acuerdo.

—Tampoco podemos asegurarlo —apostilló Carlos.

—No. No ha sido natural —zanjó Bernardo con un timbre ronco y amargo.

—Desde luego, no ha sido natural —confirmó Esperanza a su lado.

—Entonces alguien debía de tener un motivo para matarla.

—¿Se te ocurre alguno? —lo interrogó Carlos, casi como si encontrara aquello divertido.

—Celos.

—¡Ah, eso! Un poco manido, ¿no? Pero vale, es posible...

—Por favor, Carlos, intenta no ser tan imbécil —dijo Esperanza con dulzura.

—Entonces, la cuestión... —intervino Daniel.

—Uno de nosotros —lo interrumpió Adrián, cada vez más tenso, pero tratando de mantener el control y convencido de que todavía no había llegado el momento de confesarles su secreto—, uno de nosotros tenía una relación con ella. Está claro.

—¿Quién? —preguntó Bernardo.

—No lo sé, pero ha llegado la hora de... hablar claro, ¿no? ¿Quién ha visto a quién desde el verano? ¿Qué sabemos de ese asunto?

—Nadie ha visto a nadie desde el verano —dijo Carlos encogiéndose de hombros.

—Yo he visto a Fernanda varias veces en Valencia —lo corrigió Esperanza.

—Y tú cenaste con ella en Alicante —añadió él mirando a Carlos con frialdad acusadora.

No hubo una reacción inmediata. Carlos se limitó a sonreír y a mover negativamente la cabeza. Luego se inclinó un poco hacia delante y recogió las piernas para apoyar después los codos en los muslos. Volvió a sonreír, esta vez mirándolos a todos, uno por uno.

—Vale —dijo por fin sin alterarse—, vale. ¿Y a ti qué te importa?

—Tiene razón Esperanza.

—¿En qué?

—En que eres un imbécil.

Daniel se acercó a él, mostrándole la palma de la mano derecha y haciendo un gesto contemporizador con la cabeza.

—Adrián, tranquilízate un poco, ¿eh? —dijo.

—Sí, no te pongas tan nervioso, o puede parecer que el que tiene algo que ocultar eres tú, ¿sabes?

Lo que no podía tolerar de ningún modo era esa especie de vaga sonrisa que seguía flotando en sus carnosos labios sarracenos. Le parecía un caricato de mala comedia en una situación trágica ante la que no sabía comportarse, sencillamente porque su personalidad adolescente no se lo permitía. ¿O se trataba de una estrategia bien pensada para sacarlo de quicio? Realmente no estaba seguro de nada. Se le pasó por la cabeza la posibilidad de contarles, en ese mismo instante, que él sí mantenía una relación sexual con Fernanda y que lo más probable era que otro la hubiera matado por celos, pero no lograba decidirse.

—Cené con ella una vez; en octubre, me parece —precisó Carlos, tratando de explicarse. Ahora ya no sonreía. Parecía asustado—. ¿Me convierte eso en su asesino?

—¿Y por qué no lo has dicho antes? —lo interrogó Bernardo.

—Porque no tengo que rendiros cuentas a vosotros de nada.

—Estamos intentando aclarar lo que ha ocurrido aquí —apuntó Adrián—; claro que tienes que rendirnos cuentas. Todos tenemos que rendir cuentas.

Carlos volvió a sonreír y a menear negativamente la cabeza. Miró hacia el mar un momento y resopló mientras giraba hacia arriba las palmas de las manos, como si sopesara un cuerpo invisible.

—Yo no he tenido una relación con Fernanda. Cené con ella en Alicante una noche de octubre. Y punto. No hemos vuelto a vernos hasta hace muy poco, en Tenerife, antes de embarcar. —Hizo una pausa, luego levantó la cabeza y le dirigió una mirada claramente beligerante—. Pero supongamos que sí. Digamos que he tenido una relación con ella. ¿Por qué iba a matarla?

Adrián entendió que el encargado de mover ficha sobre el tablero era él. Todos lo miraban ahora, aguardando su respuesta. Ya no podía retroceder, ni siquiera jugar a la defensiva. Había que llegar al fondo de todo aquello.

—Porque otro tenía ahora una relación con ella —dijo con calma—, y eso era demasiado para ti. Los cuernos, cuando crecen mucho, no dejan dormir. Se clavan en la almohada y es un puto desastre.

—¿Tú...? —lo interrogó Daniel, mirándolo con absoluta perplejidad y una mueca de aprensión, como si se hubiera asomado a un sumidero del que ascendía un hedor espantoso.

Adrián no dijo una palabra.

—Eres un hijo de puta —dijo Carlos sonriendo.

—Entonces, los dos habéis tenido una historia con ella —concluyó Bernardo, aparentemente sorprendido.

—¡O puede que tú! —le espetó Carlos al mecánico, volviéndose hacia él, ya casi fuera de sí, como un animal acorralado—. ¡A lo mejor te la estabas follando tú!

—Yo vivo en Tenerife. No voy a la península desde septiembre —dijo Bernardo sin perder la calma—, y en septiembre estuve todo el tiempo en casa de mi hermana. Ella puede confirmarlo. Yo no había visto a Fernanda desde julio.

—Vale. La he matado yo, por celos —dijo Carlos, recuperando en parte la calma—, ¿no es eso? Estaba enrollado con ella, esa es la verdad. ¿Preparamos ya la cena?

—¿Es que no sabes tomarte nada en serio? —le reprochó Daniel furioso.

Entonces Carlos estalló.

—¡Me lo tomo muy en serio! ¡Pero aquí no vamos a resolver nada! Es cosa de la policía. ¡Que lo investiguen ellos! —Luego se volvió con rabia hacia Adrián—: ¡Si tú tenías una relación con ella, yo digo que tú eres el principal sospechoso!

—Ninguno de nosotros está libre de sospecha.

—Pero tú me acusas a mí, no a Daniel o a Bernardo.

—Yo no te he acusado de nada —dijo Adrián, notando cómo la sangre le corría deprisa por todas las venas y cavidades del cuerpo—. Pero, ya que lo dices…, la verdad es que si tengo que pensar en alguien que trata con desprecio a las mujeres, la primera cara que veo, ¿sabes?, la primera que veo es la tuya.

Se arrepintió de esa frase al mismo tiempo que terminaba de pronunciarla. Pero era tarde. El daño estaba hecho, porque algo extraño apareció en el rostro de Carlos. Era su conocida risita juguetona de adolescente, sí, pero en ese momento había algo más, algo que nunca habían visto, como una especie de mueca desquiciada que hacía temblar sus labios y guiñar violentamente sus ojos. Las aletas de su nariz parecían blancas, todo su rostro había palidecido hasta alcanzar una lividez extraordinaria. Hubo unas décimas de segundo en que Adrián tuvo la sensación de estar ante un fuego descontrolado que él mismo acababa de provocar y deseó viajar diez segundos atrás en el tiempo.

Pero eso no era posible y todo ocurrió demasiado rápido. Carlos saltó de la regala de popa y dio tres pasos tan rápidos hacia él que Adrián no tuvo tiempo de reaccionar. Cuando levantó las manos, ya lo tenía encima hecho una fiera. Era un poco más alto y poseía un cuerpo bien musculado, con un tren inferior realmente impresionante y unos tríceps dignos de un trapecista o de un gimnasta. Atenazó su cuello con una mano y lo empujó con violencia hacia atrás. Reaccionó instintivamente, intentando oponer resistencia, pero no logró hacerlo retroceder, así que lo golpeó en el oído izquierdo con la mano abierta. Entonces Carlos lo soltó y le lanzó un puñetazo a la barbilla que no le alcanzó de lleno, gracias a que lo vio venir y echó la cabeza un poco hacia atrás. Adrián sintió que una ola de rabia crecía desde su vejiga y le subía hasta la garganta. Le devolvió el puñetazo en una explosión de ciega ira de la que apenas llegó a ser consciente. Con el forcejeo, estaban ahora demasiado cerca de la borda de popa, donde el pasamano precisamente tenía menos altura, quedando apenas al nivel de sus muslos. Carlos recibió el puñetazo de lleno en el mentón y perdió el equilibrio. Cayó de espaldas. Esperanza gritó cuando su cuerpo golpeó el agua.

—¡Para la máquina! —le gritó Daniel a Bernardo.

Adrián notó que el espanto ocupaba ahora todo el espacio que el odio había dejado libre en sus vísceras. Corrió hacia el entrepuente en busca de un salvavidas. Había uno debajo de la escalerilla que ascendía hacia la sala de derrota. Cuando volvió con él a cubierta, vio a Esperanza y a Daniel asomados a popa, pero no se veía nada en el agua. No había rastro del cuerpo de Carlos. El mar parecía haberlo devorado en un instante.

*

El barco detuvo su marcha casi violentamente y quedó un momento a merced del oleaje. Era difícil mantener el equilibrio y Adrián sentía verdadera desesperación. Sostenía el flotador en el antebrazo izquierdo y se asomaba por la popa tratando de localizar el cuerpo en el agua, pero no veía nada más que espuma.

—¡Allí! —gritó Esperanza señalando un punto relativamente lejano, a unos treinta o cuarenta metros de distancia.

—No lo veo —dijo Daniel sombríamente.

Entonces se dio la vuelta y miró hacia el puente: Bernardo estaba de pie en la plataforma exterior.

—¡Pon la máquina y da la vuelta! —le gritó—, ¡vamos a buscarlo!

Pocos segundos después volvieron a oír los motores y el barco viró en el agua, dirigiendo la proa hacia poniente. Adrián sentía el absurdo impulso de arrojar el flotador por la borda, aunque no hubiera nadie allí abajo. Corrieron de una banda a la otra oteando el océano, sin resultado. Esperanza insistía en que había visto el cuerpo, pero ahora todo era a su alrededor un mar embravecido que zarandeaba el buque sin la menor consideración por las tribulaciones de sus ocupantes. Si estaba allí, no eran capaces de distinguirlo. Pensó que si aquel puñetazo lo había dejado aturdido, tal vez inconsciente, nada podrían hacer ya para recuperarlo. En ese caso, se habría ahogado casi de inmediato. Sabía que un cuerpo cargado de agua se hunde enseguida, y las olas lo habrían sepultado. Sin embargo, no quería renunciar todavía. No podía aceptar sin más la idea de haber matado a un hombre. No podía tolerar la certeza —ya demasiado sólida en ese instante, unos diez minutos después de la pelea—, de haber matado a Carlos. Eran las cinco y media de la tarde.

*

Un cuarto de hora después renunciaron a la búsqueda. Resultaba arriesgado permanecer allí describiendo absurdos e inútiles círculos en una marejada que podía intensificarse y de la que era aconsejable alejarse cuanto antes. Además, estaba muy claro que no recuperarían a su camarada, ni vivo ni muerto. «Estáis locos», le había dicho Daniel, mirándolo con espanto, como si ya no lo reconociera. «Estáis todos completamente locos», repetía cada pocos segundos, tratando tal vez de convencerse así de que existía alguna causa inteligible para lo que ocurría. Esperanza mantenía la boca cerrada y no se atrevía a mirar a ninguno de ellos directamente a los ojos. Adrián se dio cuenta de que la bióloga se encontraba en estado de *shock*. Según el protocolo de emergencias, deberían haber lanzado de inmediato un SOS, pero nadie dijo una palabra sobre eso, y él tampoco se sentía capaz de sugerir nada a sus compañeros. La culpa le atenazaba la garganta y le secaba la boca. Casi no podía mantenerse en pie. Había dejado el salvavidas sobre la cubierta y caminaba de babor a estribor como alma en pena. Era consciente de lo ridículo que resultaba, pero no se veía capaz de tomar ninguna otra iniciativa. Por fin, derrotado, se detuvo, se apoyó en uno de los depósitos y miró al cielo como si esperase recibir de allí alguna clase de explicación o instrucción.

Bernardo y Daniel estaban en el puente. El barco había vuelto a su rumbo anterior. Desde hacía unos minutos navegaban de nuevo hacia el este. Esperanza, a pocos metros de él, estaba apoyada en la batayola de babor y le daba la espalda en aquel momento; pero por el temblor de sus hombros, por la inclinación de la cabeza y el modo en que se tapaba parte del rostro con la mano derecha, era evidente que estaba llorando. Tenía que hablar con alguien, pero no sería con ella. No hasta que se calmase. Así que buscaría a los otros dos. Eso haría. De algún modo, tenía que dar la cara. Era necesario explicar lo inexplicable y asumir su responsabilidad. Se dirigió al entrepuente, entró en el castillo del barco y subió por la escalerilla. Bernardo y Daniel lo miraron con reluctancia, incluso con abierta hostilidad.

—Habéis visto lo que ha ocurrido —les dijo, intentando que sus palabras sonaran firmes y claras.

—Me parece que os habéis vuelto todos locos —insistió Daniel, apartando de él unos ojos consternados.

—Yo no quería que pasara esto, lo juro. No entiendo cómo ha podido ocurrir. Se me echó encima. Me atacó él. Lo habéis visto.

Escuchaba con repugnancia sus propias palabras. Sonaban a guion de mala calidad, a disculpas enlatadas, como una conserva en mal estado.

Bernardo bajó la mirada. Luego, se dio la vuelta y dirigió la vista hacia el mar a través de los cristales del puente. El cielo, cerca del horizonte, había adquirido una tonalidad rosada. Parecía despejado allí, en la lejanía. El buque avanzaba hacia la calma, pero también hacia el crepúsculo. Ahora el horror y la muerte eran sus compañeros de viaje y nada que pudiera decir o hacer cambiaría la verdad insoportable de lo ocurrido. Adrián decidió que no valía la pena insistir. No eran sus compañeros el tribunal ante el que debería justificarse. No serían ellos, por supuesto, sino las autoridades, los policías y los jueces, quienes deberían esclarecer todo lo sucedido en aquel barco. Abandonó el puente y bajó al compartimento que les servía de sala de estar y comedor. Permaneció un momento pensativo, perplejo, y antes de que pudiera decidir dónde iba a esconderse para rumiar a solas su culpa, vio a Bernardo descender por la escalerilla. Se puso frente a él y le rozó el codo izquierdo con los dedos, como si quisiera animarlo o confortarlo. Estaba claro que se proponía decirle algo, pero no encontraba las palabras, así que optó por tomar él la iniciativa.

—Yo no maté a Fernanda —declaró con esforzado aplomo, escrutando los ojos de su compañero para indagar el efecto exacto de sus palabras.

—Creo que la mató Carlos.

Le sorprendió aquella rotunda afirmación. Había pensado antes a solas en esa posibilidad, pero la había descartado. Y de pronto, al oírla de labios de Bernardo, entendía que esa hipótesis adquiría cierto peso tras el estallido de furia de Carlos.

—Yo... no soy psicólogo —continuó el mecánico—, pero... algo no funcionaba correctamente en su cerebro. Fue él quien te agredió. Eso está bastante claro, me parece...

Al oír aquello, sintió una oleada de alivio que casi habría podido describir como de auténtica euforia. Parecía una absolución; una inesperada exoneración que descendía directamente del mismísimo cielo y se posaba suavemente sobre su cabeza, extendiendo sobre ella unas alas protectoras. En efecto, era lo que había intentado explicarles dos minutos antes: él no había hecho más que defenderse instintivamente. La desgracia quiso que su puñetazo desequilibrara a Carlos y lo hiciera caer. Había sido un accidente, una jugarreta del destino. Un golpe de mala suerte. ¿Y cómo entender aquel estallido de violencia de su compañero el geólogo? Entonces, ¿era posible, después de todo, que realmente Carlos hubiera matado a Fernanda? Le costaba hacerse a la idea, pero le parecía bastante más fácil que asumir su propia condición de homicida.

—¿Qué vas a hacer? —lo interrogó Bernardo.

¿A qué se refería? No podía ir a entregarse hasta que llegaran a puerto. Y no parecía muy sensato arrojarse al mar para ir a buscar a su compañero desaparecido. ¿Qué podía hacer entonces?

—Creo que voy... Voy a bajar y...

—Ha sido un accidente. Te atacó y reaccionaste como pudiste —reiteró Bernardo, como si lo animara un sincero interés en lavarlo de toda culpa—. Eso es lo que diré si me lo preguntan.

Después de pronunciar estas palabras, le dio una palmada en el hombro izquierdo y en sus labios apareció una tímida sonrisa amistosa.

—Pues gracias.

Instintivamente extendió la mano, y su compañero se la estrechó. Había algo torpe e inadecuado en aquel gesto, pero Adrián no habría podido determinar de qué se trataba. Lo cierto es que se sentía mucho mejor después de aquella declaración favorable. Bernardo salió a cubierta. Él, por su parte, descendió al corredor de las cabinas de la tripulación. Entró en su camarote y se tumbó en la cama, sobre un gurruño de sábanas revueltas y sudadas. Tal vez, después de todo, podría salir impune de aquello. El inesperado apoyo de Bernardo cambiaba drásticamente el color de las cosas. Lamentaba lo sucedido, claro. Lamentaba la muerte de ese idiota de Carlos, pero la desesperación que había sentido apenas unos minutos antes parecía haber comenzado a disolverse en una providencial corriente de tibia esperanza. Se incorporó de nuevo y dirigió una mirada hacia el pequeño ojo de buey. Todavía quedaba luz diurna y ahora el oleaje parecía ir amainando. Se puso en pie y paseó la mirada por el escaso espacio disponible en la pequeña cabina. Una mesita empotrada en la pared, la cama y la taquilla ocupaban casi la totalidad de los cinco o seis metros cuadrados. Dirigió la vista hacia la pequeña leja metálica en la que había depositado *El secreto de los atlantes* hacía poco más de una hora. Incluso se le ocurrió la cínica idea de continuar con la lectura, como si nada hubiera sucedido, pero se avergonzó de inmediato. Realmente, sí había ocurrido algo. Un hombre había muerto. Había muerto Carlos.

Fiebre atlántica

(B)

Todavía no podía creerlo. Solo en su camarote, tumbado en la estrecha cama, notaba el pulso en todo el cuerpo. Si cerraba los ojos, le parecía que un batallón de soldados cruzaba su pecho, como si desfilaran por su esternón marcando el paso de la oca. Podía sentir los latidos del corazón en las sienes y trataba de calmarse respirando despacio, rítmicamente, para dominar los nervios. Había sido un increíble golpe de suerte. Uno de tal magnitud que no se habría atrevido a considerarlo una posibilidad real apenas una hora antes. Intentó pensar en ello con calma. No estaba a salvo, ni mucho menos. Cualquier investigación, por torpe y superficial que fuera, lo situaría en el punto de mira. Había dejado un rastro electrónico, no podía olvidar eso. Bernardo recordó abrumado todas las llamadas y mensajes intercambiados con Fernanda en los últimos meses. Sin duda, lo averiguarían tarde o temprano. Y lo más probable era que no tardasen demasiado en hacerlo. Había cinco personas a bordo aparte de Fernanda. Solo cinco. No era una cifra elevada. Así que los pondrían uno por uno bajo la lupa. Los harían pasar por el anillo de su escáner. Sin duda, indagarían en sus teléfonos y ordenadores. Seguirían sus huellas digitales. Y entonces saldría todo a relucir.

Sin embargo, se había producido un hecho, un inesperado suceso, que al menos abría el abanico de la sospecha razonable. Adrián había matado a Carlos delante de tres testigos. Y, si no se equivocaba, existía además un registro audiovisual de su acción. Esperanza había tenido todo el tiempo su móvil en la mano. Estaba casi seguro de que ella había grabado la muerte de Carlos. No podrían pasar aquello por alto. Si había un homicida a bordo, un culpable al que señalar sin el más mínimo margen de duda, ese era Adrián. Estaba claro. Y quien es capaz de matar una vez puede hacerlo muchas veces. O puede haberlo hecho antes en otras circunstancias. ¿No era acaso lógico razonar así? ¿No lo harían los investigadores de la policía cuando se ocuparan de todo aquello? Sí, desde luego que lo harían, aunque aquel homicidio había sido de una naturaleza muy diferente. Además, no anulaba el peso de los otros datos. De pronto, el objetivo le parecía muy claro, aunque de muy difícil consecución. Se trataba, sencillamente, de desviar hacia Adrián las sospechas; o tal vez hacia Carlos. También serviría eso. En todo caso, la situación había cambiado y debía encontrar la forma de aprovechar aquel giro de los acontecimientos. Un par de horas antes estaba perdido. Era cuestión de tiempo que descubrieran que él había asesinado a Fernanda, por celos, y no había escapatoria alguna. Ni siquiera una posibilidad entre mil a su favor. Pero ahora… tal vez ese porcentaje había variado. Siempre que encontrara el modo de jugar bien las nuevas cartas que le habían llegado a las manos en el último reparto.

Un estallido de luz en su cerebro lo obligó a ponerse de pie. Fue como si lo hubiera galvanizado una descarga eléctrica. Tenía que encontrar el modo de cambiarse por él. ¡Esa era la solución perfecta! Tenía que intercambiar su papel con el de Adrián. Ni más ni menos que eso. De pronto lo había entendido. La escapatoria no consistía en negar que hubiera mantenido una relación con Fernanda, ya que lo averiguarían de todos modos, sino en lograr que pensaran que el celoso había sido Adrián. Era él quien no había podido soportar el doble juego de ella, claro. La había matado en un ataque de celos furiosos. Adrián no había tolerado que lo prefiriese a él. No había conseguido encajar que le ganara la partida: era incapaz de aceptarlo. Bernardo no pudo evitar reír ante la malignidad de sus pensamientos. ¿Sería posible llevarlos a esa conclusión? ¿Era factible poner la verdad del revés y luego sentarse tranquilamente encima de ella? Tenía que intentarlo. Por lo menos, tenía que intentarlo.

Pero estaba el cuerpo. El cadáver era el mayor problema ahora. Allí encontrarían sus huellas. Podía darlo por seguro. De manera que para que la cosa funcionase tendría que eliminar esas pruebas de algún modo. Así que no sería fácil encontrar la salida del complejo laberinto en el que se había internado al ceder a aquel rapto de locura. Pero ahora, al menos, existía la posibilidad de desviar hacia otro las sospechas. Ya no era el único asesino allí. Quizá lo primero fuera hacerse con el móvil de Esperanza para adueñarse de la grabación, pero no debía precipitarse. Tenía que pensarlo despacio, calcular todas las jugadas posibles y sus consecuencias. Lo bueno era que ya no se sentía como una rata acorralada. Tal vez siguiera siendo una rata, sí, pero podía correr en libertad e incluso existía una remota posibilidad de confundir a sus perseguidores.

Volvió a tenderse en el camastro y pensó de nuevo en su madre. Entonces, al recordarla a ella, se avergonzó de lo que había hecho. Luego retiró el foco de la memoria de la noche del crimen y lo situó en otra anterior, la séptima de navegación. La noche del domingo 12 de mayo en concreto. Se esforzó en recordar detalladamente lo que había sucedido. Hacía mucho calor. No podía dormir, por eso oyó sus risas. Su camarote era contiguo al de Fernanda. Los oyó reír y luego jadear allí dentro como perros en celo. Era una ofensa cruel. Ella tenía que ser consciente de que él podría estar escuchando. ¿La excitaba esa posibilidad? ¿La ponía cachonda esa situación? Una parte de su mente quería creerlo así, pero la otra se rebelaba con una indignación patética, operística. Así que tenía el alma escindida en dos partes del mismo peso pero distinto color. Una negra y la otra blanca. Y sabía que precisamente la blanca era la peor de las dos. La parte sincera y apasionada, la blanca, era la que más odiaba, la que deseaba extirpar y arrojar al horno crematorio. Fue ella, la parte blanca, la que lo obligó a levantarse de la cama, la que lo impulsó a abrir la puerta con el máximo sigilo. Esperó algún tiempo, hasta que terminaron. Y por una rendija milimétrica vio la silueta de Adrián en el corredor. Lo reconoció a pesar de la oscuridad. Había un piloto encendido en el otro extremo del estrecho pasillo. Él no se dio cuenta. Abandonó furtivamente el camarote de ella y regresó al suyo, sin saber que alguien lo vigilaba. Los días siguientes fueron agónicos. Estuvieron ocupados realizando continuas operaciones de buceo, navegando de un punto a otro para que el equipo pudiera realizar su trabajo. Intentó no pensar en aquello. Logró mantener una actitud natural, incluso cuando tenía que tratar con Fernanda. Pero no podía soportar su risa libre y espontánea. Esa misma risa que lo había enamorado hasta la locura el verano anterior ahora le perforaba el pecho como una aguja caliente, como el alfiler que retiene a la mariposa, aún viva, en el panel expositor. Ella tenía que saberlo. Tenía que saber lo que estaba sufriendo. Por eso la pasada noche, la del miércoles, fue él, y no Adrián, quien entró a visitarla por sorpresa. Su propósito era hablar con ella, nada más; exigirle una explicación a la que se creía con derecho. No se proponía matarla. Pero eso cambió irremediablemente cuando la vio. Estaba profundamente dormida. No lo oyó entrar. Cerró con mucho cuidado la puerta e iluminó la pequeña cabina con su móvil. Entonces vio sus hombros desnudos, y después se fijó en su hermoso cuello. Y fue en ese instante cuando se le ocurrió la idea de rodearlo con las manos, como una prolongación necesaria de aquel asalto nocturno, como el desenlace fatal e inevitable. ¿Hablar con ella? ¿Para qué? ¿Para profundizar en la vergüenza? ¿Para intensificar el tormento? Se reiría de él. Se reiría de sus sentimientos, como había estado haciendo todos aquellos meses. No. No era ya momento ni ocasión para las palabras. No había palabras en el mundo que pudieran extirpar el gusano que roía por dentro su corazón. Supo, desde luego, que lo que iba a hacer no admitiría enmienda. Era un camino sin retorno. Un camino de ida a ninguna parte. Pero es que su vida entera lo era y eso no iba a cambiar. Así que ¿qué importaba? Esa idea le proporcionó el último impulso necesario para actuar.

Sin apagar la luz del móvil, se inclinó sobre Fernanda. Notó su aliento en la nariz y los labios. Era tibio y ligero. En ese estado parecía inocente. Había algo erróneo en esa percepción, o en el fenómeno que la inspiraba. No, aquello no estaba bien. Algo no funcionaba nada bien en el mundo si una chica tan dulce podía ser tan insensible y fría. Esa combinación de cinismo e inocencia era una monstruosidad. Y él ya estaba harto de monstruosidades. Había visto y sufrido demasiadas a lo largo de su amarga existencia. Ahora tenía la ocasión de acabar con aquella anomalía. Quizá eso no ayudaría mucho a cambiar el orden del universo ni su destino personal, pero sería un acto de justicia terrenal que el cielo no podría impedir.

Permaneció todavía unos segundos inclinado sobre ella, esperando a que despertara. Quiso darle esa oportunidad. Supuso que gritaría y los alertaría a todos. Más vergüenza para él, pero ya no le importaba, porque ninguna humillación lo haría sufrir más de lo que ya estaba sufriendo. Así que daba igual. Si ella hubiera despertado justo en ese momento habría salvado la vida, pero no lo hizo. Entonces él volvió a mirar su hermoso y estilizado cuello con un odio repleto de deseo y de ternura. Calculó exactamente la distancia, el gesto que debería hacer con las manos. Ella casi no llegaría a ser consciente de lo que le ocurría. Conocedor de su fuerza, le parecía un desafío interesante. ¿Sería capaz de matarla sin romper el silencio del barco? Para eso debía actuar rápido, pero no dudó en ningún momento de que podía hacerlo. Años de musculación en el gimnasio y una constitución fuerte apoyaban esa convicción. Dos cursos de jiu-jitsu no lo convertían en un maestro, pero sabía muy bien dónde presionar con los pulgares para que el flujo de oxígeno y sangre cesara y el cerebro perdiera rápidamente la consciencia. Y en todo caso, si fallaba, ¿qué podía importarle? Imaginó que después de matarla saltaría por la borda. Le parecía el siguiente paso lógico. Ya no sentía ningún deseo de evitar su propia perdición. Sería el final para los dos.

Apagó el móvil y se lo guardó con mucho cuidado en el bolsillo del bañador. Ahora la oscuridad era completa. Con un gesto rápido y preciso puso sus dedos pulgares en las carótidas de Fernanda al primer intento. Hubo una convulsión muy violenta, pero estaba preparado para eso. Colocó la rodilla derecha en la cama y aplicó toda la fuerza de las manos, los brazos y los hombros oprimiendo sus arterias con los pulgares. La chica intentó gritar, pero solo logró emitir un estertor desesperado y clavarle las uñas en los antebrazos; aunque eso no duró mucho, porque él dejó caer todo su peso sobre ella. Muy despacio fue bajando los codos y siguió apretando hasta que dejó de moverse. Aflojó solo un minuto después de que su cuerpo quedara completamente inerte. Entonces sintió un alivio inefable y se dejó caer sobre ella llorando. Olió su pelo esparcido en la almohada, lo enredó en sus dedos y se lo llevó a los labios. Estuvo así un tiempo imposible de calcular. Tal vez un minuto, o cinco, o diez. No podría decirlo. Al incorporarse, comprendió que había conocido su último instante de felicidad en el mundo y que su vida había terminado. Pero no se lanzó al mar, como había pensado, y eso casi fue una sorpresa para él mismo. Estuvo algún tiempo sentado en la cama de Fernanda. Luego pensó que tenía sueño y regresó a su camarote, sin más. Todos dormían. La había matado casi sin producir el menor ruido. Su vida había terminado, pero ¿quién le impedía dormir aquella noche a pierna suelta? Y eso fue exactamente lo que hizo. Estaba agotado, como si hubiera llevado a cabo una prueba física de enorme exigencia, así que volvió a su camarote y no tardó en quedarse dormido.

A la mañana siguiente todo parecía normal en el barco. Desayunaron juntos en el entrepuente y Adrián echó de menos a Fernanda hacia las diez menos cuarto. Entonces Esperanza bajó a buscarla a su camarote y enseguida oyeron sus gritos y sus sollozos. Bernardo fue el único que continuó tranquilamente con su desayuno, pero nadie se dio cuenta de ese detalle. Nadie se fijó en él.

Tardó en bajar al camarote de Fernanda y no se esforzó en disimular su desidia, su completa indiferencia ante el horrible hallazgo. No le importaba en absoluto cuánto tardarían en identificarlo como el responsable de aquella atrocidad. Sin embargo, un poco más tarde empezó a cambiar de idea. Al ver que no lo fulminaban con sus miradas acusadoras, al advertir que nadie lo señalaba como autor de la fechoría, sintió un inesperado regocijo y pensó que tal vez podría seguir un poco más con aquel tortuoso juego. ¿Cuánto tiempo permanecería libre de sospechas? Estaba decidido a terminar con todo en cualquier momento, pero no tenía por qué hacerlo de inmediato. No había ninguna prisa.

Ahora eran las seis y diez de la tarde del jueves 16 de mayo. Navegaban hacia Tenerife a toda máquina, con el cadáver congelado de una mujer en la bodega y un hombre menos en la tripulación: Carlos, cuyo cuerpo no habían podido rescatar del mar. Después de todo eso, ya cualquier cosa podía suceder. Todo era posible ahora. Sin descartar nada en absoluto. Y ahí residía lo terrible y lo fascinante de aquella situación. La noche anterior, justo después de matar a Fernanda se había dado por muerto. Pero el hecho era que todavía estaba vivo. Eso no había forma de negarlo. Y a un ser humano vivo aún podían ocurrirle muchas cosas diferentes. Se preguntó entonces qué era lo peor que podría pasarle a él en concreto. No existía la pena de muerte en su país, salvo que se la aplicara él mismo. Entonces, ¿qué era lo peor? Que lo encerraran para siempre, claro. Pero eso no constituía una gran novedad. Después de todo nunca se había sentido realmente libre. Se le ocurrió que lo peor había empezado a sucederle cuando su madre se lio con Jorge, el dueño de aquel sórdido chiringuito en el que ella había trabajado un verano hacia el final de la década de los ochenta. Ahí empezó, sin ninguna duda, lo peor para él. Y lo peor ya no había cesado nunca. Lo peor no tenía fin.

Al principio —muy al principio—, pensó que Jorge podría llegar a ser, tal vez, un buen padre pese a todo. Su madre parecía casi feliz, entre otras razones porque ya apenas si tenía que trabajar, excepto los fines de semana de primavera y de verano, cuando hacían falta todas las manos disponibles para sacar adelante las comandas de un local lleno a reventar de clientes impacientes y chillones. El resto de los días bastaba con que se ocupara de la casa, de él y, sobre todo, del bienestar de su nuevo amante, aquel padre adoptivo al que Bernardo entendió que debería resignarse; aunque desde el principio le irritase bastante su carácter sardónico, sus hirientes bromas viriles y su vocabulario indescriptiblemente soez. La verdad era que el negocio marchaba sorprendentemente bien, pese a una higiene muy deficiente y una comida no demasiado buena por lo que podía recordar. El olor de aquella cocina —por la que solía pasar muy deprisa, con el definido objetivo de robar helados— se había convertido en una de las sensaciones indelebles de su infancia. El aceite de freír pescado era reutilizado sin ningún miramiento hasta que se volvía tan oscuro como la melaza. Lo único bueno del lugar eran las bandejas de boquerones rebozados —sobre todo, los que Jorge freía para ellos, con aceite nuevo— y la grata proximidad del azul Mediterráneo.

Hubo una época en la que las cosas no iban tan mal. Jorge era un hombre flaco e inverosímilmente peludo. Poseía un rostro huesudo y unos ojos saltones que hacían desagradable su mera presencia, pero a veces también sabía ganarse su simpatía con un gesto amable o una broma indulgente. Un sábado, nada más terminar el curso —quizá sexto de EGB— y como premio por haberlo aprobado todo tras un desesperado esfuerzo final, lo llevaron a un circuito de karts en Villajoyosa. La expectativa era estimulante, así que se había pasado todo el viernes preguntando a qué hora iban a salir al día siguiente. Recordaba aquello muy claramente porque Jorge, la enésima vez que lo interrogó, le ofreció una respuesta tan contundente como inapelable: «Un minuto después de cagar», dijo, sin especificar si se refería a su propia función intestinal o, tal vez, a la de él.

Como en tantas otras ocasiones, aquella amena jornada terminó en catástrofe. A la quinta vuelta se salió de la pista y fue a estamparse contra los neumáticos de uno de los márgenes. Se hizo un pequeño corte en el labio inferior y tuvieron que curarlo en la caseta del propietario, donde se aplicó heroicamente a un titánico esfuerzo de autodominio para no llorar. Esa hazaña, por desgracia, no fue suficiente para evitar que Jorge se burlara de él y de su torpeza, con ludibrio, durante el viaje de regreso a Altea, hasta el punto de que su madre se sintió por fin obligada a salir en su defensa. Terminaron discutiendo entre ellos, lo cual en alguna medida sirvió para reconfortarlo, e incluso pensó que había ganado una batalla decisiva, hasta que esa misma noche los oyó hacer frenéticamente el amor desde el pasillo. Era la previsible reconciliación, por supuesto, pero aquello dejaba bastante claro quién era el verdadero ganador.

No todo fue tan desagradable durante los años de convivencia con Jorge. Lo del tren eléctrico, por ejemplo, había estado muy bien. Al pasar frente al escaparate de una tienda de modelismo en Alicante, se había quedado fascinado con una gran maqueta ferroviaria en la que los distintos tipos de trenes circulaban veloces y se cruzaban unos con otros a diferentes niveles, transitando por toda clase de túneles y pasos elevados. «Esto molaría tenerlo en casa», le había comentado a su madre sin el menor énfasis, a modo de mera ensoñación. «Pues nos lo vamos a llevar, chaval

—dijo Jorge detrás de él—, porque a mí estas cosas también me molan bastante, ¿sabes?». Su madre y él se miraron con sorpresa e incredulidad. Pensaban que se trataba de otra de sus habituales fanfarronadas, pero la cosa dio un giro asombroso cuando entraron en la tienda siguiendo a Jorge, quien preguntó por el precio de la instalación de una maqueta similar en un domicilio privado. El fin de semana siguiente lo pasaron poniendo a circular trenes en un circuito adornado con toda clase de primorosas miniaturas, en la zona cubierta de la gran terraza del ático de Altea.

Esa fue una de las pocas ocasiones en que llegó a germinar cierta complicidad entre ellos. Lamentablemente, cuando empezó octavo en el colegio las cosas comenzaron a ir bastante peor, y ya no volvieron a enderezarse nunca. Hasta ese momento nadie de su clase se había metido demasiado con él. Pero eso cambió muy bruscamente en octavo y sin razón aparente. ¿Por qué tenía que ser todo siempre así? ¿Por qué lo que marchaba bien tenía que torcerse o revolverse hasta convertirse en una pesadilla? Llevaba años preguntándoselo, sin encontrar más respuesta en su cerebro que el eco de la risa burlona de Jorge. Aquel hombre lo consideraba un niño débil y malcriado, aunque lo que a él realmente le dolía era la anuencia de su madre, la triste Vero, amodorrada día y noche en su nube algodonosa de cannabis y espuma de cerveza.

Por eso cuando empezó a tener problemas ni se le pasó por la cabeza recurrir a ellos. El origen de aquel asunto fue una tremenda e inesperada colleja de Nacho Muñoz en el patio. Él y su amigo Felipe Bru se habían convertido en los incontestados gallos del corral el curso anterior, pero hasta aquel día nunca se habían metido con él. ¿A qué venía aquella brutal y sorpresiva colleja entonces? A nada que pudiera explicarse lógicamente. Era cierto que desde el principio de aquel curso algunos de sus compañeros adquirieron la desagradable costumbre de llamarlo Bernardo-san-perro. La cosa empezó —si alcanzaba a recordarlo bien— con un inoportuno y rarísimo estornudo que le sobrevino en medio de la clase de dibujo lineal y que, al parecer, sugirió a alguno de sus compañeros el ladrido de un perro. Esa broma molesta había cosechado un gran éxito y se repitió varias veces en los recreos, pero hasta ese momento nadie le había puesto la mano encima. A sus trece recién cumplidos él no presentaba ninguna singularidad física, ningún defecto evidente que lo convirtiera en una presa fácil, en una víctima particularmente obvia.

Era tímido, eso sí. Desde pequeño le había costado relacionarse con los demás. Hasta donde alcanzaba su memoria, había tenido la sensación constante de ser traslúcido. No era que los otros no lo vieran, sino que no le prestaban apenas atención. La luz lo atravesaba con facilidad. Siempre había cerca alguien más atractivo y con algo mejor que decir; siempre alguien más ocurrente y más simpático. Él no resultaba precisamente un niño gracioso. A decir verdad, incluso le costaba entender algunos chistes. Y tampoco era tan tonto como para no darse cuenta de sus limitaciones. A veces se reía únicamente para disimular, para integrarse en la conversación, pero casi nunca tenía la sensación de lograr realmente su objetivo. Sabía que no engañaba a nadie que no se dejara engañar un poco por compasión.

El caso es que cuando el ambiente se volvió hostil y el curso se dividió en depredadores y presas, con la ebullición hormonal de la preadolescencia, él tenía la esperanza razonable de no formar parte de ninguno de esos dos grupos. Confiaba en seguir al margen de la cacería, al abrigo de la mediocridad de los no alineados. Pero cuando Nacho Muñoz pasó a su lado aquella mañana de viernes al salir al patio y le golpeó sonoramente la nuca con la palma de la mano —mientras él se dedicaba a retirar con mucho cuidado el papel de aluminio que recubría su bocadillo— gritando al mismo tiempo «¡Bernardo-san-perro!» para que todos lo oyeran, entendió que acababa de ingresar en una de las dos categorías principales, y no en la que hubiera preferido. Quedó tan perplejo que no reaccionó de ninguna manera, y los que estaban alrededor empezaron a reír, especialmente el grupo de niñas liderado por Ángela, una aspirante a amazona con corrector dental que se dedicaba a expedir certificados verbales de persona asimilable o basura infrahumana, según sus caprichosas afinidades y antipatías personales.

Aquel incidente tuvo lugar un viernes; el lunes de la semana siguiente el infierno ya se había solidificado a su alrededor. Se convirtió sencillamente en «Bernardo el Perro», y ya no había vuelta atrás. Era como si se hubiera abierto la veda. Antes lo respetaban, tal vez por su aspecto físico, ya que su notable desarrollo le confería una presencia bastante imponente. Pero esa inmunidad había quedado cancelada de pronto. ¿Y por qué razón? Después de tantos años seguía sin hallar una explicación convincente para el fenómeno. Quizá se extendió entre sus compañeros la idea de que era un tonto, un chico soso y pusilánime del que se podía abusar mediante veniales pero insistentes burlas. Puede que fuera eso. Siempre había eludido el protagonismo, que no se le daba muy bien, y también el choque físico con sus compañeros. No le gustaba enfrentarse con la gente por ningún motivo. Prefería quedarse al margen, mirar las cosas desde su burbuja de timidez. Demostraba cierta destreza en baloncesto, pero no tanta como para que eso le garantizara un estatus de popularidad indiscutible. Carecía totalmente de ella, de hecho, y no contaba con verdaderos amigos. Diego solía ir a jugar a su casa y a veces bajaban juntos al parque del puerto, pero el año anterior su familia se había mudado a Alicante y lo había perdido de vista. Así que ahora estaba solo.

Bernardo no era el único chivo expiatorio de la exuberante y superhormonada maldad que florecía en los jardines corticales adolescentes con el cambio de naturaleza. Simón, cruelmente apodado «Culo» por el insoslayable y andrógino protagonismo de esa parte de su anatomía, lo pasaba todavía peor. A la menor ocasión se reían de él llamándolo por su mote. Con voz estridente, como delirantes cotorras sicóticas, los chavales más crueles del curso —encabezados, desde luego, por Nacho Muñoz y Felipe Bru— repetían entre risitas malignas: «Simón, culo, culo, culo, Simón, culo...». Lo que suponía un verdadero tormento para el aludido, quien casi siempre terminaba llorando solo en algún rincón del patio.

Así que el ambiente en el colegio era, en esa época, de hostilidad continua, y casi todos sus compañeros estaban involucrados en mayor o menor medida en la contienda.

Por lo visto, los profesores no sabían cómo frenar aquella infernal deriva y tampoco parecían muy determinados a hacerlo.

Una fría mañana de noviembre la solución a sus problemas apareció ante él como una revelación siniestra mientras bajaban las escaleras para salir al patio de recreo. Aquel desgraciado Simón iba unos peldaños por delante, y al mismo tiempo podía percibir con toda claridad las mortificantes risas y comentarios de los dos tiranos de la clase a sus espaldas. La ecuación se resolvió sola en su cerebro, sin apenas intervención de su voluntad, como si fuera el resultado de la aplicación de una fórmula de las que les enseñaban en clase de Matemáticas para trabajar con los puñeteros polinomios. Simplemente, comprendió lo que tenía que hacer y el precio que debería pagar por ello. No dudó ni dos segundos: valía la pena arrostrar las consecuencias. Aceleró el paso para adelantar a Simón por la izquierda, deslizando una mano por la barandilla metálica de la escalera para no perder el equilibrio. Al pasar por su lado pisó con fuerza su talón con la suela del zapato, barriendo así su pierna para que cayera. Y como si los dioses se regocijaran redondeando la escena con un remate especialmente denigrante, Simón fue a caer, claro, de culo. Todos se desternillaron sin misericordia. Incluso él se volvió para disfrutar del resultado de su maniobra.

Esa gracia le costó al pobre chico una lesión leve en el coxis y Bernardo acabó en el despacho del director. Lo expulsaron una semana. La sentencia se hizo efectiva de inmediato. Su madre tuvo que ir al colegio a recogerlo. Cuando Jorge llegó a casa se desató una tormenta de gritos e insultos. Por primera vez, el compañero de su madre le propinó una sonora bofetada que él encajó sin derramar una sola lágrima. Su reacción al recibir aquel tortazo fue mirarla a ella de un modo inquisitivo, pero lo único que encontró fue unos ojos avergonzados, tristes y anclados en el suelo de tarima del piso. Ni una sola palabra, ni un mínimo gesto en su defensa. Tampoco le pareció, en verdad, demasiado injusto, teniendo en cuenta su fechoría. De todas formas, era lo que esperaba. Estuvo esa semana encerrado, pero cuando regresó al instituto pudo recoger los frutos de su maligno golpe de audacia. Nadie volvió a llamarlo Bernardo el Perro y sus dos superenemigos empezaron a manifestarle curiosas muestras de respeto.

«¿Qué te han hecho tus padres?», le preguntó Felipe una mañana en la parada del bus, con una ávida sonrisa que exhibía unos dientes enormes y bien alineados entre los que destacaban unas paletas que parecían teclas de piano. «Nada —dijo él con desprecio—. Mi madre está siempre medio borracha y mi padre es un imbécil. Solo me han encerrado en mi cuarto. Me he pasado la semana haciéndome pajas». Aquel fue el comienzo de una amistad que abría una nueva etapa en su vida, a las puertas de los catorce años.

Y, en primavera, los tres ya eran inseparables. Fue por esa época cuando conoció a Quique. Era dos años mayor que ellos y fumaba sin parar. Tenía una moto de escape libre y un auténtico harén de chicas del pueblo que se lo disputaban a su novia oficial, una tal Marta. Ella contaba dieciséis años, pero la mueca de desdén de sus labios y la infinita desidia de sus ojos la hacían parecer una amargada veinteañera. Era el verano del 91 y durante un corto periodo de tiempo pensó que había encontrado un grupo en el que integrarse, un ambiente propicio en el cual, por fin, podría desplegar su libertad y demostrar que tenía tanta iniciativa como cualquiera. Jorge y su madre ya apenas hacían el menor esfuerzo por controlarlo. Únicamente los veía a la hora de comer entre semana, porque los sábados y los domingos prácticamente no aparecía por casa. Entraba y salía cuando le daba la gana; en cuanto a sus cenas, ya era del todo autosuficiente, lo que representaba una comodidad para la pareja. Así que no se metían en sus asuntos. Desde noviembre no habían vuelto a recibir ninguna citación por su mala conducta; lo demás no parecía interesarles mucho. Apenas se preocupaban por su rendimiento académico. Además, en verano estaban siempre demasiado ocupados con el restaurante y preferían disfrutar a solas el poco tiempo libre que les quedaba.

Los problemas empezaron cuando Quique decidió someter a prueba su lealtad; fue entonces cuando entendió que haberse ganado la confianza de Felipe y de Nacho en el colegio era solo un primer paso: la antesala para ingresar, como miembro de pleno derecho, en una panda de adolescentes temerarios, decididamente orientados a la transgresión y al delito menor en todas las modalidades imaginables. Una de las primeras exigencias de Quique fue que robara en una conocida bolera de Altea en la que solían reunirse. No dejó de insistir hasta que logró que una tarde, en un descuido del encargado, metiera la mano en la caja y se llevara algo menos de 1500 pesetas. Al recordar ahora todo esto, entendía que cuando hizo caer al pobre Simón en la escalera del instituto, a principios de aquel octavo curso de EGB, había hecho ya mucho más que gastar una broma pesada a un compañero marginado. En realidad, se había lanzado por un tobogán sin mirar primero a dónde conducía. Y no podría volverse atrás. La pendiente se haría más y más pronunciada con los años, para terminar arrojándolo a aquel camarote de barco en el que ahora se estaba cociendo en su propia angustia.

La tarde del robo pasó verdadero miedo, pero también resultó emocionante. Nada más hacerse con el botín, salieron de estampida y corrieron sin parar hasta llegar a la playa, donde se repartieron el dinero. Prueba superada. El verano del 91 había sido decisivo para él. Precisamente entonces fue cuando empezó a sentir verdadero interés por las chicas. De repente, había conocido a muchas a la vez; todas ellas vestidas con vaqueros muy cortos y calzadas con plataformas; todas ellas desafiantes y con la boca siempre rebosante de palabras sucias. Fumaban y escupían continuamente en el suelo, igual que ellos, pero se reían de otra forma, como si guardaran un secreto compartido que las hacía superiores y también mucho más temibles. En esa época llegaron a sus manos y a sus ojos —generosamente cedidas, claro, por sus amigos Nacho y Felipe— las primeras revistas porno, las cuales abrieron un nuevo recinto de escabrosas y extremas fantasías sexuales en su ya agitada imaginación. Todas esas nuevas emociones le provocaban una especie de excitación permanente. Y a finales de julio sucedió algo que le volvió las entrañas de gelatina. Bastó una frase de Felipe para convertir su cuerpo entero en un flan: «Azucena dice que le gustas». Así se lo soltó. Sin más explicaciones. Y entonces se dio cuenta de que la había estado mirando a menudo como un perro mira el embutido recién comprado en el banco de la cocina. Sintió vergüenza. Sin embargo, si era verdad lo que Felipe decía, no tenía por qué avergonzarse de nada. Sus amigos le prepararon una cita en un lugar un poco extraño, pero no fue capaz de imaginar lo que se le venía encima. Le dijeron que todos se encontrarían el sábado por la noche en el edificio de la lonja vieja, cerca de la playa de La Olla. Azucena también estaría allí, por supuesto, esperándolo. Debería haber sospechado algo, pero estaba tan deslumbrado y confuso por todas aquellas nuevas sensaciones y experiencias que no era capaz de pensar. Lo que ocurrió esa noche lo recordaría luego muchas veces, durante años, aunque habría preferido olvidarlo.

Se encontró en el paseo marítimo con Felipe y con Nacho. Interpretaron muy bien sus papeles aquellos canallas. No permitieron que aflorase a sus labios ni una sola gota de la malicia que les bullía dentro. Lo llevaron hasta aquel edificio abandonado prometiéndole una noche de amor, la primera de su vida. Según ellos, la chica se derretía por él. Aquel era un lugar apartado, a más de un kilómetro del pueblo en dirección a Calpe por la carretera de la costa. Sabía que los mayores se reunían allí en ocasiones, pero nunca contaban con él. Felipe y Nacho habían estado una sola vez antes, o al menos eso fue lo que le contaron. Hacía un calor pegajoso aquella tarde y empezaba a oscurecer. Nubes móviles como de papel de aluminio, que parecían de atrezo, empujadas por una brisa húmeda, convertían el cielo en un escenario animado lleno de colores y lejanas luces que brillaban por momentos sobre el mar y las montañas. Oyó el sonido del rotor de un helicóptero y distinguió el brillo del fuselaje, iluminado brevemente por uno de los últimos rayos solares, pero fue inmediatamente engullido por un gran nubarrón. Pensó en una ballena tragándose a una libélula. Una embriagadora sensación de misterio y peligro lo impulsaba con fuerza hacia adelante.

Cuando llegaron a la playa de La Olla era ya noche cerrada. El edificio abandonado estaba al otro lado de la carretera, en un descampado. Había que recorrer un camino de poco más de cien metros. Al acercarse, lo primero que distinguieron fue la fogata que ardía en el centro de una explanada de tierra; había muchas motos allí, y gente que no conocía de nada; sintió ganas de darse la vuelta y salir corriendo, como el chiquillo asustado que en realidad era, pero no podía permitir que nadie se diera cuenta de eso. Y, además, quería saber cómo acabaría todo. Al principio, la cosa fue bien: música y gente de su edad, y también algunos mayores, sentados por todas partes, en piedras, en neveras de plástico rígido, bebiendo calimocho alrededor del fuego, fumando porros y riéndose sin parar. Pero no veía a Azucena por ninguna parte y tampoco a Quique. Se lo dijo a Nacho y su amigo se partió de risa, como si hubiera oído un gran chiste, pero no le dio ninguna explicación. El oscuro brebaje, contenido en grandes garrafas de plástico, empezó a correr por su sangre cada vez más rápido, haciendo que se sintiera tan fuerte y confiado como un delfín saltando y jugando en el agua. Iba de un grupo a otro y pensaba que todos eran amigos suyos; así que incluso dio varias caladas a uno de los canutos que le pasó alguien, una chica mayor que él. Eso sí que no lo había hecho antes. Y no tardó en sentirse mareado y feliz.

A partir de ese momento la cosa se volvía cada vez más confusa y no podía recordar por completo lo que había sucedido, excepto lo último. Eso sí. Eso lo recordaba con una nitidez mortificante.

Alguien, probablemente Nacho, lo arrastró al interior del viejo edificio encalado de planta rectangular. Entró en una dependencia muy amplia con un suelo de cemento resquebrajado, en gran parte cubierto de tierra. Había muy pocos muebles —alguna silla, algún armario— desvencijados y un montón de basura en un rincón. El recinto estaba lleno de gente que entraba y salía constantemente. Distinguió a un hombre, casi un viejo de barba gris, sentado en el suelo y con la espalda apoyada contra la pared del fondo; tenía todo el aspecto de ser un vagabundo, un borracho. En un primer momento le pareció que dormía, pero de pronto abrió los ojos y lo miró directamente, con gran intensidad, como si hubiera detectado su presencia en medio de aquel tumulto. Había en alguna parte un radiocasete en el que sonaba algún grupo de heavy metal, y mucha gente sentada fumando marihuana por todas partes. La luz, muy escasa, procedía de un par de lámparas de camping; y aquella semioscuridad reforzaba cierta indefinida sensación de peligro que podía percibir con claridad, pese a la considerable cantidad de alcohol que circulaba ya por sus venas adolescentes.

En un momento dado, se le acercó una chica que parecía a punto de romper a llorar y que se puso a hablarle como si fuera un íntimo amigo suyo, aunque no la conocía de nada. ¿Cómo había empezado aquella conversación? No podía recordarlo, pero sí que ella no paraba de contarle cosas de su familia y que se quejaba del modo en que la trataba su hermana; también le explicó algo de un abuelo que se había vuelto loco y al que habían tenido que encerrar. Por lo visto, lo visitaba un domingo de cada mes; a escondidas, porque su madre no quería que lo hiciera... Era algo así, más o menos. Todo muy triste y lamentable, desde luego, aunque sería incapaz de reconstruir aquella conversación de un modo inteligible y coherente. Habló con más gente durante un tiempo imposible de precisar. Se dirigían a él como si fuese un amigo de toda la vida, por mucho que fuera incapaz de reconocer sus caras o pronunciar sus nombres. El ambiente era ya muy caótico en aquel mismo momento mientras lo vivía y, luego, en su memoria, se había deformado todavía más a través de los años; de modo que el resultado era un frenesí de voces, risas y música en medio de una irrespirable y azulada atmósfera de cannabis en la que ya no sabía cómo orientarse.

Miraba alrededor angustiado, tratando de localizar a alguno de sus amigos, pero no veía a nadie conocido. Un tipo flaco, con melena y vaqueros muy ceñidos, de rostro huesudo y afilado, le pasó un vaso de plástico con vodka y le dijo que se lo bebiera de un trago. Obedeció y se abrasó la garganta. Entonces el otro rodeó sus hombros con un brazo que parecía de madera o hierro y empezó a reírse con los labios pegados a su oreja, salpicándole con sus babas. Entre los cuerpos que se agitaban y las cabezas que sacudían las melenas al ritmo potente del heavy, vio que el vagabundo se movía de un lado a otro, sin despegar la espalda de la pared y sin levantarse, como un cangrejo. Tenía el rostro crispado, abría y cerraba sus gruesos labios amoratados como si pronunciara palabras amenazadoras. Cuando logró apartarse del melenudo que le había obligado a beberse aquel vodka, reconoció a Felipe, sentado en medio de un corrillo. Decidió hacerse un hueco a su lado. Le preguntó por Azucena y su amigo le aseguró que no tardaría en llegar. «La va a traer Quique —le explicó—. A lo mejor están ya por aquí. ¿No los has visto?». No, él no había visto a nadie de la pandilla. Le sonaba alguna cara, todo lo más, pero a la mayor parte de aquella gente estaba seguro de no haberla visto nunca antes.

Volvió a mirar hacia el vagabundo y comprendió de pronto de qué iba el juego. Una pareja le lanzaba rodando una naranja, y él parecía que trataba de hacerse con ella, pero nunca lo conseguía. La naranja rodaba un poco sobre el suelo y el viejo se ponía a gruñir, seguramente porque no podía alcanzarla; y entonces el chico se acercaba gateando y la recuperaba, y se la pasaba de nuevo a la chica. El vagabundo trataba de golpearlo, cada vez, utilizando una muleta. Echaban a rodar la naranja con poco impulso, a propósito, para que el viejo no llegara a ella y se pusiera cada vez más furioso. Había un perro flaco por allí, que de vez en cuando se acercaba a olisquear al vagabundo. Todo parecía una pesadilla. Nada tenía mucho sentido, hasta que al final decidió levantarse y, abriéndose paso con dificultad, encontró la salida. Al aire libre se sentía un poco mejor.

Entonces vio llegar a Quique con la moto, llevaba a Azucena de paquete. «¿Qué haces aquí?», le preguntó ella con aire divertido, nada más quitarse el casco. Intentó decir algo ingenioso, pero se le trabó la lengua. Aun así, a la chica pareció hacerle mucha gracia, lo que le reconfortó y tranquilizó bastante. Nacho y Felipe salieron de la vieja lonja y se reunieron con ellos. No sospechó nada. La comedia estaba en marcha, pero él no lo sabía. Junto con Quique y Azucena llegaron algunos otros de la pandilla, así que empezó a sentirse más y más confiado. Pero justo en ese momento le vinieron unas ganas espantosas de vomitar y tuvo el tiempo justo para dar unos pasos y vaciar el estómago apoyándose en las rodillas, en un lugar algo retirado, entre los matorrales.

Después de eso venía un tramo demasiado borroso como para reconstruir la acción. Era una cadena de fotogramas velados en una vieja película. Imposible recomponerla. Solo sabía que alguien lo había llevado de nuevo al interior del edificio, y que cuando se recuperó ya le estaban ofreciendo otra vez calimocho. No pudo beber más que un par de tragos. Alguien le dijo al oído que Azucena estaba preguntando por él, y eso lo animó un poco. La música estaba más baja y había menos gente, y también menos luz. Felipe le dijo al oído que ella lo estaba esperando en el piso de arriba. No tenía la menor idea de la existencia de una planta superior.

Aquellos dos lo guiaron hasta una escalera que partía de una pieza contigua a la que se accedía por una pequeña puerta de madera desportillada. Cuando llegó arriba, descubrió que el ambiente y la compañía le resultaban más familiares. Allí estaban los de siempre, arremolinados alrededor del indiscutido líder del grupo. Fue Quique, precisamente, quien lo saludó con más entusiasmo. Le dijo algo sobre la cara que traía, y todos se rieron con ganas, incluida Azucena; pero ella se le acercó y le dio un beso en la mejilla, como para animarlo. Entonces —alcanzó a preguntarse en medio de su perplejidad—, ¿la cosa iba en serio? Y sí, claro que iba muy en serio; pero no por el camino que él imaginaba. Durante un rato todos fueron muy amables. Incluso le prestaron más atención que de costumbre, como si de pronto hubiera adquirido un nuevo y privilegiado rango en la jerarquía de la pandilla. «Ven conmigo», le dijo Azucena tomándolo de la mano. Y se lo llevó a un rincón junto a una estrecha ventana de guillotina por la que se filtraba algo de claridad. «Yo te molo, ¿verdad?», eso le preguntó, sin soltarle los dedos que entrelazaba con los suyos. Él se moría de vergüenza. «Pero… creía que estabas con Quique», logró articular por fin. «¡No! —dijo ella riendo—. ¡Qué va! Eso era antes». Y otra voz, justo a su espalda, rubricó las palabras de la chica: «Además, a mí no me importa». Era Quique, por supuesto, que estaba sonriendo de un modo que tenía algo de ofensivo. Entonces se dio cuenta de que todos estaban pendientes de lo que sucedía. «No pasa nada —dijo Azucena, como si advirtiera su creciente zozobra—, no les hagas caso, son unos gilipollas. Vamos». Y volvió a estrechar su mano con fuerza para tirar de él. Si hubiera podido escapar en ese momento, desmaterializándose o teletransportándose, como en las series de ciencia ficción a las que era tan aficionado, no lo habría dudado ni medio segundo. Le resultaba extraño pensar ahora en su inocencia de entonces. Crecía en su interior una especie de ternura que primero era como un animal blando y suave, pero se convertía luego en un monstruo enorme, en un ser hecho de pura ira, hambriento. Nada de eso tenía que haber pasado. ¿Dónde quedaba su otra vida, esa en la que lo malo permanecía siempre afuera, detrás de una puerta con muchos cerrojos, o al otro lado de una gruesa pared? «No pasa nada —repitió la chica para tranquilizarlo—. Pasa de estos. Vamos». Lo llevó a un cuartucho que tenía todo el aspecto de haber sido una especie de oficina o despacho en algún tiempo lejano. Había un viejo archivador metálico sin cajones y una colchoneta en el suelo. En cuanto estuvieron solos, ella le rodeó el cuello con los brazos, pero él la empujó asustado y dio un paso atrás. Quería irse, aunque no se atrevía a enfrentarse a los que estaban fuera. Estaba claro que lo habían cogido en una trampa. «Pero ¿te gusto o no?», preguntó Azucena entre ofendida y divertida. «Sí que me gustas —dijo él—, pero...». Y entonces oyó un montón de risas al otro lado de la puerta. Ya no había la menor duda de que todo era pura farsa. Se estaban burlando de él. Sitió impotencia y rabia y salió precipitadamente de aquella habitación. Alguien lo retuvo por un brazo. Intentó zafarse, en vano. Todos se le echaron encima y lo derribaron. Vio las caras de Nacho y Felipe, que no paraban de reír como un par de hienas. «Este no está preparado para hacerse novio de Azucena», gritó otra de las chicas, cuyo nombre había olvidado. Durante el forcejeo lo habían obligado a sentarse en el suelo y lo retenían allí por la fuerza. Entonces Azucena apareció delante de él, erguida como una cobra. «Tienes que aprender de Quique —dijo, provocando de nuevo las risas de los demás—, él está preparado siempre. ¿Quieres verlo?». Ella se volvió y besó al chico en los labios. A continuación, le rodeó la nuca con una mano y siguió besándolo apasionadamente mientras con la otra le desabrochaba el cinturón y la cremallera.

Cuando apareció el miembro erecto de aquel cabrón, algunas de las chicas empezaron a lanzar grititos nerviosos; la excitación general formaba ahora a su alrededor un cerco de fuego. Volvió a sentir unas violentas ganas de vomitar.

«Mira, Bernardo —dijo Azucena, con una entonación dulce y didáctica—, para hacer algo con una chica tienes que estar así, ¿sabes?». Y mientras hablaba sacudía el pene de su amigo de un lado a otro, desatando de nuevo el jolgorio general. «Pero todavía puedes tener tu primera experiencia», dijo Quique con una ironía venenosa que le hizo sentir verdadero terror. «¡Bájale los pantalones! —propuso la misma chica que había hablado antes—. ¡Vamos a ver cómo está!», se dirigía a Nacho, quien permanecía arrodillado justo delante de él mientras Felipe lo sujetaba por la garganta con el brazo, casi asfixiándolo. Ahora se sentía como un zorro agitándose frenéticamente en el cepo. Entonces notó que unas manos nerviosas le desabrochaban ya la hebilla del pantalón. Logró zafarse en el último momento, justo antes de que lograran su objetivo. Tomó aire y recurrió a las últimas fuerzas que su cuerpo reservaba para un caso de pura supervivencia. Aferró con desesperación el antebrazo que lo atenazaba y, apoyando la otra mano en el suelo, le propinó una patada en la cara a Nacho con toda su rabia. Solo entonces consiguió ponerse de pie de un salto; empujó a los que le cerraban el paso y salió corriendo escaleras abajo.

En el exterior había mucha menos gente que antes, y de la hoguera apenas quedaban los rescoldos. Alguien le preguntó a dónde iba, pero no se volvió; continuó caminando hacia la carretera sin mirar atrás y regresó al pueblo a pie, tragándose el llanto y el rencor. Era ya de madrugada y había refrescado. Un vago resplandor violáceo teñía el cielo y el mar cerca de la línea del horizonte anunciando el amanecer. No se atrevió a regresar a su casa. Se quedó sentado en un banco cerca del puerto, intentando comprender lo que le había sucedido. Cuando se tranquilizó, trató de convencerse de que no había estado en verdadero peligro; imaginó que tal vez si se hubiera quedado allí, si hubiese soportado la broma, todo habría quedado en eso, pero el hecho —y aquello sí que lo comprendió con absoluta claridad— era que se había quedado solo. Ahora ya no podría mirarlos a la cara. Había huido. Eso era lo peor, la mayor de las vergüenzas. Estuvo llorando hasta que el rojo disco del sol emergió del horizonte, y un rato después, con la luz del nuevo día, se atrevió a arrastrar las suelas de los deportivos hasta su casa. No quería ver a sus padres, así que cuando su madre lo llamó a comer a mediodía le dijo que no se encontraba bien y que prefería quedarse en la cama. No se animó a salir hasta el día siguiente, pero ya nunca volvió a los lugares habituales y tampoco recibió ninguna llamada de sus falsos amigos.

Su madre, durante los días siguientes, trató de averiguar lo que le ocurría, pero dejó de preocuparse en cuanto él volvió a comer con relativa normalidad y a salir de vez en cuando para ir solo a patinar o a la playa. Jorge, demasiado ocupado con el restaurante en plena temporada, no llegó a sospechar nada. Por supuesto, después de aquello jamás volvió a mezclarse con Nacho o con Felipe. Y mucho menos con Quique o Azucena. Nunca volvió a hablar con nadie de aquel grupo, e incluso hacía todo lo posible, y también lo imposible, por esquivarlos. Evitaba pisar la calle a ciertas horas. A casi todas las horas. Y nunca les contó a sus padres lo sucedido aquella noche en el edificio abandonado de la lonja, junto a la playa de La Olla. Pasó el resto del verano completamente aislado, rumiando a solas su angustia y su odio. Durante el siguiente curso las cosas mejoraron algo. Empezó un ciclo de mecánica en un centro de formación profesional, en Denia, e hizo allí algunos nuevos amigos. A los quince años su cuerpo había cambiado del todo y la cicatriz anímica de lo que le había ocurrido el verano anterior casi estaba cerrada; al menos empezaba a sentirse capaz de relacionarse en su nuevo ambiente y empezó a reconstruir laboriosamente su autoestima y a desarrollar una cierta renovada confianza en sí mismo. Había sobrevivido, lo que no era poco, y empezaba a considerarse lo bastante fuerte como para aguantar casi cualquier cosa que le deparase el futuro.

En los años siguientes, muchas veces recurrió a esa idea que se había formado acerca de sí mismo —como un animal robusto, un caballo percherón capaz de encajar cualquier tipo de castigo— para superar otras situaciones dolorosas. Y no habían faltado, desde luego, esa clase de tragos amargos a lo largo y ancho de toda su juventud. Primero fue la época en la que su madre se separó de Jorge y empezó a beber todavía más. Se mudaron a un miserable apartamento en Denia, donde ella trabajaba de modo intermitente como limpiadora de habitaciones en hoteles. Él contaba dieciséis años y sus nuevos amigos fueron la única tabla de salvación a la que pudo asirse para no resultar engullido por la misma carnívora depresión que estaba matándola a ella.

A menudo cuando regresaba a casa después del instituto se la encontraba borracha en el tresillo, arrebujada con una manta, y la botella de oporto casi vacía sobre la mesa auxiliar. Si la despertaba, ya sabía lo que venía luego. Ella se ponía a llorar y no paraba hasta la medianoche, cuando volvía a dormirse, si es que había suerte. Más de una vez tuvo que llevarla a la bañera y ayudarla a desvestirse. Con frecuencia, esa era la única manera de que se calmara un poco. En cuanto recuperaba las fuerzas, volvía a maldecir su suerte y entraba en una fase muy agresiva. Se volvía insoportable. Lo insultaba, le decía cosas como que había nacido cabrón, igual que su padre, y que habría sido mejor abortarlo cuando todavía estaba a tiempo. Él esperaba a que se le pasara el berrinche, y cuando volvía al llanto desesperado —y luego a los gemidos y finalmente al hipo—, la abrazaba, la besaba y la acostaba. No había sido una madre muy buena, pero era la única que tenía. También solía cepillarle el pelo. Eso le gustaba mucho a Vero, y entonces, muy rara vez, era capaz de mostrarle alguna gratitud.

Aunque todavía no era mayor de edad, pasaba algunas noches fuera de casa —invitado por alguien que le ofrecía refugio temporal, en algún garito hasta el amanecer o sencillamente en la calle— para no tener que verla. Los remordimientos le hacían regresar muy pronto a su lado, dispuesto a soportar lo insoportable, con tal de que ella no estuviera sola mucho tiempo. Una de las veces en que llegó a estar peor fue cuando la despidieron del hotel en el que había trabajado durante año y medio y ya no encontró a nadie que se arriesgase a contratarla. Por lo visto, por casi todos los establecimientos de la zona se había extendido su reputación de alcohólica, y aunque nunca dejó de cumplir con sus horarios, los resultados de su labor como limpiadora no eran precisamente óptimos. El paro la terminó de hundir. Las pocas amigas con las que mantenía alguna relación empezaron a darle la espalda y, además, su organismo ya no soportaba la bebida. En alguna ocasión tuvo que llevarla al hospital en un taxi y pasar allí la noche mientras los sanitarios procuraban devolverla a un estado más o menos aceptable para mandarla de regreso a su domicilio.

Entonces, desesperado, llamó a su hermana Sofía. Ella aún vivía en Altea y no quería saber nada de la madre de ambos. Decía que la había abandonado, igual que su padre, y que la abuela era en realidad la única madre que había tenido. Aceptó ir a Denia, sí, pero se negó a verla, así que se encontraron en una heladería cerca del puerto. Le ofreció algo de ayuda económica, si la necesitaban, pero no estaba dispuesta a hacerse cargo de la situación. «Si está así —le dijo—, la culpa es solo suya. Ya le dije que ese Jorge era otro gilipollas». Y luego le aconsejó que buscara cuanto antes un empleo y que se fuera a vivir muy lejos de allí. Lo más lejos que pudiera.

Aceptó el dinero que su hermana le ofrecía —ya no recordaba ni la cantidad exacta, pero fue suficiente para pagar el alquiler y salir del paso— y logró que Vero fuera a ver a un psiquiatra. Eso la ayudó bastante, y a la primavera siguiente volvía a tener trabajo. Dejó de beber una temporada, mientras estuvo medicándose, estrechamente vigilada y controlada por él, y de ese modo consiguió recuperarse lo suficiente como para conocer a otro hombre —un italiano llamado Giovanni, a quien él apenas llegó a tratar— con el que mantuvo una relación intermitente y muy superficial. Era solo un «follamigo» —como la propia Vero solía decir sin ningún pudor—; sin embargo, eso bastó para que se separase un poco de la botella y se mantuviera dentro de los márgenes de una cierta normalidad; así que durante un tiempo, mientras él dejaba atrás la aduana burocrática de la mayoría de edad y seguía avanzando en la autopista de peaje de la vida, las cosas mejoraron algo en casa. Entretanto, casi milagrosamente, había logrado terminar sus estudios de mecánica y contaba en Denia con algunos amigos en los que más o menos podía confiar.

La primera chica con la que mantuvo una relación sana y bastante satisfactoria fue Yolanda. Su primer escarceo sexual tuvo lugar en un chalet, durante una fiesta. Uno de sus amigos había aprovechado la ausencia de sus padres para encargar un barril de cerveza. Además, llenaron el salón y el porche de botellas de vodka, ron y ginebra de las marcas más baratas que habían podido encontrar. Pasadas las diez ya estaban todos bastante borrachos. Entonces las parejas empezaron a diseminarse por las habitaciones y a ellos les tocó un pequeño cuarto auxiliar junto a la cocina. Él se lanzó sobre ella y le metió la lengua hasta la garganta, pero la chica lo apartó con dulzura, le desabrochó el cinturón y le bajó resueltamente los pantalones y el *slip*. Recordaba muy bien haberse empalmado tanto que le dolía. Entonces Yolanda empezó a chupársela con una maestría sorprendente, teniendo en cuenta sus escasos dieciséis años. De pronto se detuvo, se quitó rápidamente las bragas e intentó mostrarle el camino hacia la penetración. No hubo tiempo: él no pudo aguantar más y se corrió entre sus muslos. Aquello no fue gran cosa, pero sirvió para empezar el pastel. Su relación se fue afianzando durante los años siguientes. Ella se preparaba para ser monitora de tiempo libre y a los dos les gustaban las mismas cosas: la música heavy, las acampadas y la playa.

Vero, su triste madre, murió en 1999 de un fulminante cáncer de ovario, con cuarenta y cuatro años. En el funeral volvió a ver a su hermana Sofía, quien lo abrazó llorando a lágrima viva y le pidió perdón. A los veintidós años se había quedado solo en el mundo. Su abuela lo ayudó con algún dinero, no mucho, y poco después se instaló en Santa Pola, donde empezó a trabajar como maquinista y mecánico en un pesquero: el Don Pedro. Yolanda se fue a vivir con él, pero no duraron ni un año. No estaban preparados para la convivencia diaria y eran demasiado jóvenes para hacer planes serios. Además, él pasaba semanas enteras en el mar, y ella, sin trabajo, se aburría. Acabó liándose con otro en Denia y a él lo dejó tirado. Entonces vino una época de descontrol. Dejó el pesquero y trabajó durante algunos años en la marina mercante. No pocas veces, sus compañeros y jefes lo humillaron o intentaron aprovecharse de él. Empezó a aficionarse de verdad a la cocaína y a meterse en peleas. Salió con un montón de chicas en esa época, cada una de ellas un poco más loca que la anterior. Durante las semanas que pasaba en tierra vivía de noche y nunca sabía dónde lo despertaría el sol, en qué habitación de qué hostal, en qué furgoneta o caravana, o en casa de cuál de sus muchos amigos camellos.

Y después llegó Conchi. De ella sí se enamoró realmente. Era una buena chica y logró apartarlo, no sin esfuerzo, de aquella vorágine destructiva. Vivieron en Alicante y luego en Almería. Estuvieron juntos casi seis años. Ella trabajaba como dependienta en unos grandes almacenes y más tarde como operadora telefónica. Cuando él estaba fuera se dedicaba a estudiar, ya que quería sacar un título de graduado social para preparar luego unas oposiciones. Muy aficionada a la lectura, consiguió convencerlo para que se acercara a algún libro por primera vez en su vida. El único problema era que estaba empeñada en ser madre, un proyecto en el que él no deseaba participar. También ella acabó dejándolo. Unos meses después —tenía treinta y dos años entonces— fue a buscarla, dispuesto a hablar de todo y a reconsiderar su negativa a la paternidad, pero ya era tarde. Conchi vivía con otro hombre en Aguadulce y acababa de quedarse embarazada.

Después de eso, volvió a la coca con más frenesí que nunca. Dejó de navegar un año entero, y a los treinta y cuatro estaba tocando fondo; pero una vez más alcanzó a salir a pulso de un pozo muy profundo. Tenía un buen amigo, Javi, marinero como él, muy aficionado al deporte, que lo ayudó a apartarse de la noche y de la droga. Se apuntó a un gimnasio y empezó a practicar jiu-jitsu. El deporte se había convertido para él durante aquellos años en una especie de tabla de salvación. Gracias a Javier se enteró de aquella oferta de trabajo en Tenerife y viajó a la isla en 2016. También allí se apuntó a un gimnasio y logró mantenerse lejos de los vicios del pasado. Hizo nuevos amigos y salió con un par de chicas, nada serio. Javi lo visitaba de vez en cuando y él, por su parte, viajaba a la península, sobre todo, en verano y en Navidad, para ver a su hermana, que seguía viviendo en Altea. Estaba casada con un ferretero y tenían dos hijos. Se llevaba bien con sus sobrinos y le gustaba pasar el tiempo con ellos; le hacían sentir que tenía una familia en el mundo, después de todo.

Cuando en el verano de 2018 conoció a Fernanda le pareció enfrentarse con una fuerza de la naturaleza que había permanecido insidiosamente oculta y que se le manifestaba de pronto sin advertencia previa, con verdadera brutalidad. Nunca antes se había encontrado con una mujer así. Nunca. Tan segura de sí misma. Tan clara y explícita en la manifestación de sus deseos. Parecía que el aire se llenaba de electricidad cuando estaba cerca y que hasta el mar la temía. Lo hechizaba esa mezcla voluptuosa de delfín y pantera, esa especie de quimera caprichosa, elástica, feroz.

Después de la primera expedición a las Bahamas, el verano anterior, para grabar el material destinado al documental sobre el Triángulo de las Bermudas, ella permaneció dos semanas en Tenerife en casa de unas amigas. Quedaron con él un par de noches durante la primera semana de agosto y se divirtieron bastante. Las llevó a conocer algunos sitios interesantes por la costa y también en el interior de la isla. Pasaron por las mejores discotecas del circuito techno de Tenerife. Las amigas de Fernanda eran muy simpáticas y risueñas, y todo parecía casi inocente, hasta que ella una madrugada de viernes le preguntó al oído —en un local de Fañabé, después de ir al servicio con su amiga Laura— si no le apetecería participar en un trío. Algo muy gracioso debió de suceder en su cara, porque después de unos segundos de suspense las dos chicas se echaron a reír con arrolladora y peligrosa complicidad. Así que todo quedó como una broma. Sin embargo, a la salida, de camino al aparcamiento, no pudo evitar tocarle el culo a la enfermera. Era un hermoso culo en forma de pera embutido en un pantalón negro de cuero. Ella se detuvo y se volvió con expresión furiosa. Pensó que estaba a punto de pegarle, y para evitarlo le estampó un beso rápido en los labios y luego se quedó muy quieto, mirándola desafiante. El gesto de Fernanda cambió de pronto. Sonrió y le puso la mano en la bragueta. Le acarició el paquete y le dio un beso prolongado en la boca. No esperaron a llegar al piso, follaron en el coche de Laura. Ella y la otra amiga de Fernanda —cuyo nombre ni siquiera podía recordar ahora— fueron a dar un paseo para dejarlos solos. No hubo trío después de todo, pero la experiencia resultó apabullante. Culminó con sendos orgasmos sincronizados en el asiento de atrás. Cuando ya se había corrido, ella se masturbó otra vez utilizando los dedos de él con toda confianza, como si la mano y el resto de su cuerpo estuvieran exclusivamente a su disposición.

Durante la semana siguiente ya no vieron a sus amigas. Ella se trasladó a su apartamento y en las primeras setenta y dos horas apenas pisaron la calle. Tenían sexo de modo compulsivo. Probaban lo que se les ocurría sobre la marcha, incluidas las posturas más absurdas y grotescas. Lo hacían en el cuarto de baño, en la cama, en la cocina o en el tresillo. Prácticamente no pararon hasta que la acompañó al aeropuerto el sábado 18 por la mañana. Quedaron en verse en septiembre en la península, y eso fue exactamente lo que hicieron. No le contó nada a Daniel. Todavía disponía de diez días de vacaciones; así que le dijo al patrón que pensaba visitar a su hermana en Altea. Temía que se burlara de su desenfrenada y repentina pasión por Fernanda. Ahora, claro, le parecía realmente afortunada aquella cautela. No estuvo en Altea, sino algo más al sur, en la ciudad de Alicante donde vivía Fernanda, de alquiler en un piso del barrio de San Gabriel, y allí reanudaron sin perder tiempo su torneo sexual; lo que le permitió confirmar de inmediato que realmente no tenía la menor posibilidad de competir con aquella chica en número de orgasmos, y probablemente tampoco en la intensidad. El tanteo seguía siendo favorable a su compañera en una proporción de, al menos, cuatro a uno. Durante aquellos días también visitaron algunos sitios de interés de la capital. Les gustaba en particular el castillo de Santa Bárbara, la antigua fortaleza edificada en una montaña y custodiada por gigantescos cañones oxidados. El castillo se erguía, robusto y majestuoso, ante el azul centelleante del Mediterráneo. Alrededor del fortín volaba siempre en círculos, montando guardia permanente, una escandalosa cohorte de gaviotas centinelas que parecían las encargadas de vigilar estrechamente a los no menos escandalosos turistas que lo visitaban.

Una de las últimas noches, paseando por la Explanada, sufrió la mayor decepción de toda su vida. Nada lo había puesto en guardia, así que no estaba preparado para algo así. Todo parecía ir tan bien entre ellos que casi resultaba natural prolongarlo. Lo raro era suponer lo contrario, que tomaría su vuelo el domingo y regresaría a Tenerife. Eso casi le parecía ridículo, de manera que ni siguiera se lo planteó a Fernanda de modo interrogativo, sino que dio por supuesto que podía quedarse en su casa: «Voy a dejar el trabajo, quiero quedarme aquí contigo. Ya encontraré algo». Esas fueron sus palabras exactas, según las recordaba. Fernanda lo miró entre desconcertada y divertida, con una especie de curiosidad infantil. «Pero ¿cómo que vas a dejar tu trabajo? ¿Estás mal de la cabeza? ¿Te ha dado mucho el sol esta tarde en la playa?». Probablemente no se había propuesto humillarlo al decir aquello, pero el hecho es que se sintió como uno de esos gladiadores que, después de haber luchado bien y con todo el público a favor, veían inclinarse el pulgar del emperador hacia abajo. Lo siguiente fue aún más doloroso. Debería haber restado importancia a la situación. Ahora lo entendía, claro. Tendría que haberse reído, incluso, de su propio chasco; pero solo fue capaz de balbucir algunas excusas torpes y confusas. «Pensaba que... Perdona. Pensaba... que estabas bien conmigo, no sé..., que seguiríamos juntos... un tiempo, por lo menos». Ella reaccionó con una ternura maternal que lo humilló más todavía. Le explicó que sentía atracción por él, que incluso la excitaba como muy pocos hombres que hubiera conocido en su vida, pero no estaba enamorada. Podían verse, sí, desde luego que podían verse, pero no iban a mantener una relación seria. Aunque —matizó— aquello también era muy serio para ella, porque el sexo formaba —le explicó— una parte muy importante de su vida. «Bucear, comer y follar son mis aficiones favoritas», le dijo exactamente. Y soltó una risa fresca y acuática que podría haber recordado a una cascada en algún bonito arroyuelo; aunque a él le sonó más bien a cisterna de cuarto de baño.

Después de la catástrofe procuró actuar como si no hubiera sucedido nada. Se sentía como una tortuga sin caparazón, como un caracol sin concha, pero intentó fingir, con todas sus fuerzas, que aún le quedaba algo de dignidad en la que refugiarse y siguió arrastrándose junto a ella un par de horas más por las calles de la capital levantina. La Explanada bullía de turistas y paseantes, como todos los veranos. Recordaba muy bien aquella dolorosa noche. Recordaba, por ejemplo, cómo se detuvieron un rato para asistir a la actuación de un mimo. Era perfecta la caja de cristal imaginaria en la que se movía, por no hablar de su increíble imitación del motorista macarra; pero él no fue capaz en aquel momento de sentir otra cosa que una extrema repugnancia. Contener su rabia implicaba un esfuerzo extenuante. La cálida brisa nocturna, el largo paseo sobre el colorido mosaico ondulante del pavimento, entre las palmeras y los bancos de mármol asalmonado, junto a los concurridos puestos de bisutería y artesanía africana..., todo eso que habría sido ameno y grato la noche anterior sin ir más lejos le producía ahora una sensación de agobio casi insoportable. No veía la hora de regresar al piso de Fernanda para estar otra vez a solas con ella.

La sesión de sexo de aquella noche fue particularmente frenética. Durante el coito, él experimentó una especie de resistencia psicológica a alcanzar el orgasmo. Así que ella, harta de cabalgarlo, se puso de rodillas a su lado y le hizo una mamada —combinando mano y lengua con artesanal maestría— que lo llevó, rápidamente y contra su voluntad, a un orgasmo cataclísmico. Fue como si el alma saliera con el chorro de semen de su cuerpo; quedó mudo e inmóvil al lado de ella en la cama, convertido apenas en la inerte valva de un molusco muerto. Así era como se había sentido al terminar: vacío. Y también muy triste, claro. Infinitamente triste y desvalido, agazapado, temblando en algún rincón secreto de su cuerpo abandonado.

El domingo ella lo acompañó al aeropuerto de El Altet y se mostró tan risueña y despreocupada como de costumbre, aunque se aplicó a reconfortarlo con todo tipo de halagos y palabras amables, ya que seguramente intuía cuáles eran sus verdaderos sentimientos, por mucho que él había tratado de mantenerlos ocultos tras una tupida cortina de indiferencia. «Lo he pasado muy bien esta semana —le dijo— y espero volver a verte pronto, ¿vale?». Él estuvo a punto de preguntarle cuándo en concreto, pero logró dominarse; simplemente la besó con ternura en los labios, como haría un adolescente enamorado por primera vez. Y lo cierto era que no estaba muy lejos de ser esa la verdad. Claro que había querido también, de algún modo, a Yolanda o a Conchi, por ejemplo; pero lo de Fernanda era otra cosa. Se parecía mucho más a una devastadora enfermedad de la que no querría ni podría curarse nunca. No había dejado de pensar en ella constantemente durante aquel otoño. Recordaba ahora avergonzado las muchas veces que se había masturbado pensando en esa chica y en lo que habían hecho durante aquella semana febril en Alicante. La había matado hacía poco más de doce horas, pero todavía no era capaz de representársela muerta. Quería que estuviera viva para continuar odiándola y queriéndola, para que le siguiera mortificando cada vez que respiraba, estuviese lejos o cerca. «Yo te llamo, ¿vale? Y te digo cuándo puedes venir a verme». Esas fueron sus palabras justo antes de que él entrara en el túnel de embarque para subir a su avión con destino a las islas. Hablaron algunas veces por teléfono y se intercambiaban a menudo mensajes en WhatsApp de contenido erótico; pero no volvieron a verse hasta Navidad. Esa espera se convirtió en un tormento horrible para él. Se daba cuenta de que padecía una obsesión malsana e hizo cuanto pudo para librarse de ella, pero no encontraba la manera. Volvió a acostarse un par de veces con una amiga con la que había mantenido una breve relación el año anterior, pero eso servía únicamente para hundir más el clavo en la carne; porque ni antes, ni después, ni durante esos encuentros podía pensar en otra cosa que no fuera el cuerpo de Fernanda, o su risa, o su tierna tiranía tan cruel como ingenua, y absolutamente exenta de orgullo y de soberbia. Le parecía única, y no podía quitársela de la cabeza. Comprendió pronto que ni su amiga Raquel ni cualquier otra mujer del planeta podría nunca resistir semejante comparación.

A principios de diciembre Fernanda le dijo que podía ir a verla en Navidad, si le apetecía. Él solía pasar esas fechas en Altea, en casa de su hermana; y así lo hizo, en efecto, pero no sin pasar antes por Alicante. Aquello fue como una reedición de la apasionada semana de septiembre, pero reducida y concentrada en menos de cuarenta y ocho horas. No cometió la torpeza de jurarle amor eterno, porque sabía que de ese modo la humillación sería ya insoportable. Se limitó a tomar lo que ella le daba, como un perro hambriento, y regresó a Tenerife tan frustrado como había viajado a la península.

En enero y febrero apenas navegaban, así que pasaba el tiempo en el macizo de Anaga, en el frondoso Pijaral o en los parajes volcánicos de Malpaís de Güímar, solo o con el grupo de senderistas que se había formado en el gimnasio un par de años atrás. Cuando se cansaba de tanto aire libre llamaba a sus amigos —el Azteca, Mateo o cualquier otro que estuviera disponible— para pasar veinticuatro horas de farra y llenarse el cuerpo de alcohol y cocaína. A la mañana siguiente despertaba con una resaca espantosa, trufada de reproches sordos y autodesprecio. Y lo peor de todo era que no lograba dejar de pensar en ella ni un segundo.

Así que cuando a mediados de marzo, durante una singladura con un equipo de biólogos marinos de la Universidad de La Laguna, cerca de Cabo Verde, Daniel le anunció que repetirían la navegación con el equipo de Thalasmediterran para un nuevo documental, esta vez sobre la Atlántida, sintió que sus pies perdían el contacto con la cubierta y que era elevado a un cielo de fuego en el que cualquier cosa —el más indescriptible dolor, pero también la más inefable recompensa— sería posible. No sabía lo que le esperaba, desde luego.

Cuando se encontraron después de cuatro meses sin verse en el puerto de Tenerife no estaban solos, ya que ese era el punto de encuentro que se había fijado para todos. Habían hablado la víspera, y ella se mostró tan cariñosa y alegre como de costumbre. Entonces le preguntó directamente si podrían pasar algún tiempo juntos. Fernanda le explicó que eso ya se vería después de la navegación. Hasta ese momento —le advirtió de un modo que a él le sonó categórico, inapelable— iban a ser únicamente compañeros de trabajo. Insistió en lo importante que era para ella que él respetara esa condición. Así que se resignó a la perspectiva de convivir estrechamente con Fernanda durante muchas jornadas en el Bóreas, fingiendo que entre ellos nunca había existido nada que no cupiese en los márgenes de una amigable relación estrictamente profesional. Quedaba claro que hasta el regreso él solo sería el mecánico y copiloto de la expedición, y ella, la enfermera buceadora. Estaba dispuesto a mantener su compromiso. Por su parte, los demás no sospecharían nunca que sentía una pasión desenfrenada por ese cálido cuerpo de hembra y por el frío corazón que lo animaba.

*

Un ruido procedente del corredor lo devolvió a la realidad del barco y la navegación. Uno de los otros —Esperanza o Adrián, probablemente— debía de haber entrado en su camarote. Oyó los pasos y el ruido de una de las puertas.

Después de escarbar en todos esos sucios recuerdos comprendía que nunca había existido el menor margen para su libertad. Había sido conducido por un estrecho pasillo de cristal hacia una trampa, como una cobaya de laboratorio. Pero ahora sí. Ahora, por primera vez, se sentía realmente libre. En el barco todos estaban bailando desde aquella mañana la música que él improvisaba. ¿No era así? Interpretaban obligatoriamente su partitura. Pensó una vez más en Fernanda. Imaginó su cuerpo grotescamente doblado en el congelador. Esa combinación de tragedia y ridículo le dolía. Casi no podía soportarla. Pero, al mismo tiempo, de esa visión se desprendía una energía terrible que, si lograba dominarse lo suficiente, tal vez fuera capaz de absorber. Era una especie de toxina que se apoderaba de su cerebro, un extraño viento que lo hacía resonar como un instrumento de otro mundo. En eso se había convertido: en un músico de otro mundo, proveniente de un planeta muy raro donde las nociones de armonía y melodía nada tenían que ver con las de la tierra. Por eso nunca había encajado allí. Esa debía de ser la razón de que jamás se hubiera sentido libre hasta un segundo después de darse cuenta de que la había matado. Fue como despertar. Como abrir los ojos en una dimensión nueva. Entonces, y solo entonces, había atravesado una tenue e invisible membrana que lo separaba de una realidad contigua, muy cercana, pero a la que nunca se había atrevido a acceder. Y descubrió que se podía vivir allí, que se podía respirar ese aire. Era como empezar a utilizar unos pulmones distintos que no sabía que formaban parte de su organismo. ¡Así que se podía sobrevivir en esa atmósfera! Y, además, tenía aquella desconocida sensación de estar al mando. Por primera vez en su existencia poseía el control total de la situación. Ese era el elemento esencial del nuevo paisaje. Solo él tenía todas las claves de lo que estaba pasando y el poder de decidir cómo terminaría. Lo descubrirían, por supuesto. Al final, lo encerrarían si la cosa no acababa antes. No podría escapar, si lo pensaba bien, pero apenas le importaba. El truco estaba en cambiar duración por intensidad. Quizá su dominio fuera muy breve, cuestión de pocas horas, incluso; pero prometían ser las mejores de su vida. Un solo día de poder y de libertad verdadera ¿no valía más que una dilatada agonía sufriendo pacientemente la crueldad de los otros? Y si el final era el mismo para todos —cremación, putrefacción—, si terminaban igual los listos y los tontos, los buenos y los malos, ¿qué importaba que el camino hasta el agujero fuera sinuoso o recto, oscuro o iluminado? Después de todo, todo era nada.

(A)

Por todas partes había pájaros de alas rígidas. Esos monstruos no necesitaban moverlas en absoluto para volar. Y no estaban recubiertas de plumas, sino que más bien parecían hechas de papiro. Los pájaros mecánicos bajaban desde el cielo hasta casi rozar la tierra y luego volvían a remontar el vuelo con gran estrépito, escupiendo fuego contra sus semejantes y produciendo un traqueteo similar, aunque mucho más fuerte, al ruido de las krotalas y carracas que los niños hacían sonar por las calles durante las panateneas, en verano, o las gamelias, en invierno, en mi Atenas natal.

Hatria y yo nos mirábamos espantados, pero también fascinados por aquel espectáculo sobrehumano de guerra aérea que nunca habríamos sido capaces de representarnos si alguien nos lo hubiera referido con palabras. Era horrible y divino lo que veíamos a nuestro alrededor, y nos parecía imposible que el ingenio humano del futuro hubiera sido capaz de producir semejantes prodigios malignos. Nuestro plato volante flotaba, casi inmóvil, con apenas un ligero movimiento pendular, suspendido bajo las nubes algodonosas, a mucha distancia de los verdes campos y las tupidas arboledas que se extendían muy por debajo de nosotros. Asistíamos perplejos a aquella refriega y contemplábamos la lucha de los furiosos insectos de papel y metal a través de las oblongas ventanas que rodeaban nuestro pequeño habitáculo, sentados en nuestras confortables sillas de pilotaje.

—Será mejor —le dije a Hatria, volviéndome hacia ella con gesto impaciente— que le preguntemos al sofista mecánico en qué extraña época nos encontramos y qué es lo que estamos viendo.

Así lo hicimos, y nuestro sabio artificial, con su voz grave y sedosa, nos ofreció la explicación solicitada.

«Esto que veis es una de las primeras batallas aéreas de la historia. Estamos sobre Verdún y se está librando una guerra universal que involucra a muchos países y se extiende ya por todo el orbe. Los hombres combaten, como siempre lo han hecho, con armas cada vez más eficaces y mortíferas, y las naciones se enfrentan para extender sus territorios y dominios, haciéndose con recursos y materias primas con los que aumentar su poder y su riqueza».

Dejando aparte el prodigio asombroso de aquellas nuevas armas voladoras, nada de lo que nos explicaba nuestro ayudante sin rostro me resultaba incomprensible o demasiado alejado de mi propia experiencia o de la del mundo que me había visto nacer.

—Creo que no es este el momento ni el lugar en el que debemos intervenir para llevar a cabo nuestra misión —le dije a Hatria, rozando ya con los dedos el tablero de cuarzo—. Hay que adentrarse más en las aguas del océano del tiempo.

Adrián tiró el libro en la cama con desprecio y se inclinó hacia delante, clavando los codos en los cuádriceps y apretándose los ojos con los talones de las manos. Extendió los dedos y los hundió lentamente en el cabello, el que todavía crecía con fuerza alrededor de su calva incipiente en la coronilla, a modo de tonsura romana. Estaba solo y no se fiaba de nadie. Tal vez de Esperanza, en cierta medida. Supuso que de ella sí podría fiarse. Bernardo había querido ponerse de su parte, pero algo no encajaba del todo. Si Carlos no había asesinado a Fernanda, entonces Bernardo era el siguiente en su lista de sospechosos. Había algo turbio en su carácter. Daba una sensación de caja con doble fondo que se oponía a la franqueza marinera de Daniel.

Y esa aproximación había sido una maniobra extraña, algo incongruente. Si era inocente, lo más lógico sería que sospechara de él, por lo menos en la misma medida que de Carlos. Entonces, ¿qué se proponía? ¿Cuál era su juego?

Se puso de pie en el camarote, entre la cama y el ojo de buey, y recorrió el reducido recinto, despacio, con la mirada. Podría ser una celda. De hecho, era a lo que más se parecía. Una celda con vistas al mar. Tal vez eso fuera todo lo que se merecía. Tomó el libro y lo devolvió a la leja metálica. Se acostó de nuevo y trató de recordar, paso a paso, cómo había llegado hasta allí. Si le hubieran dicho cinco años atrás que iba a embarcarse en un atunero reconvertido para ir a las Bahamas a rodar un documental sobre la civilización perdida de la Atlántida, jamás lo habría creído. Pero la vida rompía continuamente todas las previsiones humanas. Si el hombre era el único animal capaz de proyectarse conscientemente hacia el futuro, el único capaz de construir y visualizar diferentes escenarios posibles para ponerlos en relación con sus propias acciones y calibrar así las consecuencias, también era, sin duda, el animal más fracasado del planeta, porque la mayor parte de sus maquinaciones sobre el futuro resultaban erróneas o fallidas; la cosecha que se recogía a menudo —después de sembrar con tanto esmero y mimo en los veneros del presente— no era otra que la de la frustración y el desengaño.

Lo cierto era que había acabado trabajando como documentalista un poco por casualidad. En su juventud, cuando estudiaba Imagen y Sonido a finales de los ochenta, soñó con hacer cine, pero no pensaba en documentales, sino más bien en películas dramáticas. Sus aspiraciones estéticas se basaban en los clásicos que admiraba. Arte y ensayo. En esa época, con poco más de veinte años, ya era un verdadero cinéfilo. Pasaba las madrugadas con el oído pegado a un pequeño transistor de radio mientras sus compañeros de piso dormían, escuchando el legendario programa *Polvo de estrellas* y fantaseando con la utópica posibilidad de encontrar financiación para su primer largometraje. En las conversaciones nocturnas en los bares de Malasaña, con su grupo de amigos culturetas, nombres del momento tales como David Lynch, Krzysztof Kieslowsky o Andréi Tarkovski eran citados cotidianamente. Y otros un poco más antiguos —Buñuel, Hitchcock, Ford, Dreyer, Bergman, Antonioni...— los pronunciaban no ya con admiración, sino con reverencia, como si aludieran a personajes de la historia sagrada. No habían sido malos, después de todo, aquellos tiempos, especialmente al contemplarlos desde el turbio presente. El país se desperezaba, como si despertase de una pesada siesta, de un sueño brutal e interminable. La flatulenta y pesadillesca digestión del gran potaje de la posguerra. Su juventud coincidió con el maná de la democracia. Años de ilusión. La movida y todo aquello. Y al final, todo para llegar allí. A un barco de cuarenta y seis metros de eslora que navegaba rumbo a la imbecilidad ambiente, rumbo a la oligofrenia colectiva que demandaba una y otra vez los mismos tópicos: la Atlántida, el Triángulo..., todas esas gilipolleces. La gente no se cansaba nunca. La moda era regresiva. El cine se nutría de *remakes*. Y volvían la guerra santa, los populismos, las pandemias. A veces tenía la impresión de que el mundo, después de dos mil años de cristianismo y milenarismo, después de san Agustín y su visión lineal, progresiva de la historia, después del gran sueño del Escatón, había regresado al círculo. Y no a uno cualquiera, sino al más vicioso posible. La visión indoeuropea de la rueda, de un tiempo circular que repite una y otra vez las mismas crueldades, las mismas obscenidades, y así *ad nauseam*. Nietzsche lo había visto claro. ¡Y encima lo había celebrado! ¿No era ridículo? ¿Qué había que celebrar? Si el tiempo era circular, si todo retornaba siempre a lo mismo, ¿dónde quedaba la esperanza? El marxismo. Esa había sido la última versión, ilustrada, enciclopédica, del delirio milenarista. Pero, como cantó el viejo Lennon-gurú, el sueño había terminado para siempre. No es que no hubiera progreso. Lo había a manos llenas, sí, pero era inútil, estéril por completo. En relación con las esperanzas humanas de felicidad no servía para nada. No hubo Atlántida al principio, pero podría haberla al final si el suicidio colectivo se consumaba, cuando terminaran de descubrir que no había escapatoria, que el confort hacía más intolerable la verdad nauseabunda. La verdad de que el hombre es un ser para la desilusión, para el aburrimiento onanista.

No, no habían sido malos los años de su juventud. Lo malo vino después. Y todo junto. Había empezado a trabajar en televisión en los noventa, primero como cámara y luego como ayudante de realización. Eran los días locos del desembarco de las privadas. Nadie quería llegar tarde al bufé libre. Los ejecutivos buscaban patrocinadores, los patrocinadores pujaban por la publicidad, los publicistas perseguían a los programadores. Y estos, a su vez, exigían programas cada vez más impactantes. Había un público enorme, entonces; tan estúpido y cateto como siempre, como el de antes y como el de después, pero todavía sin redes sociales. Y ese público se tragaba cualquier cosa que ampliase la ilusión de la libertad recién conquistada, esa trola con la que traficaban los jóvenes intelectuales rebeldes, hijos de buenas familias del régimen, mimados y consentidos años atrás por una dictadura reblandecida y amodorrada, como una madrastra enferma y castradora que todavía daba algún zarpazo desganado al que se desmandaba mucho. En los noventa la economía creció sin parar gracias al turismo y a la integración en Europa. Había dinero y muchas ganas de gastarlo. El país se sentía moderno y joven. Los chicos y chicas de esa época, los de su propia generación, no se habían dado cuenta de que ya habían nacido viejos, con siglos de historia a sus espaldas. No comprendían que sus cabriolas y piruetas no tenían nada de original. Eran la fotocopia gastada y borrosa de la rebeldía mercantilizada y ficticia de otros países. Pero el caso es que lo pasaban bien. Vivían de noche y no hacían deporte, algo inconcebible en la actualidad. Él, por su parte, cuando no estaba colocado o trabajando, leía todo lo que caía en sus manos. Empezaba otro libro antes de haber terminado el anterior. Samuel Beckett se sentaba en las rodillas de Kafka. Albert Camus devoraba a Unamuno y luego Dostoyevski se los tragaba a los dos. Quería ser un intelectual a toda costa, aunque muriera en el intento. Y todo por su irrenunciable sueño de convertirse en director de cine. Pero los sueños... Había que trabajar y las jornadas eran interminables. Y lo fueron aún más cuando ascendió a ayudante de realización en un programa dedicado a las mascotas domésticas. Luego pasó a otro de reportajes callejeros: sucesos, principalmente. Y fue ahí donde conoció a Gabriela. Todavía recordaba exactamente sus primeras palabras para él: «El sonido me importa tanto como la imagen. Cuando hable con alguien quiero que se le oiga, ¿vale? ¡Y no me saques nunca por el lado izquierdo!». De modo que era una joven aspirante a dictadora. Tenía unos morritos de gata y un buen culo, sí, pero ¿quién se había creído que era? Acababa de dejar la recién estrenada Facultad de Ciencias de la Información y pensaba que con un micrófono en la mano y una cámara siguiéndola tendría al mundo entero a sus pies y a todos los técnicos del programa a sus órdenes.

Entre ellos hubo algunas tensiones al principio, pero su sentido del humor era muy afín: emitían en la misma frecuencia de onda, lo que ayudó a suavizar las cosas. ¡Y tanto que se iban a suavizar en poco tiempo! Grabaron muchos programas juntos en las calles de la capital. Recordaba en particular el de las mafias chinas recién instaladas en Madrid. Una noche acabaron encerrados en una nave de un polígono de Fuenlabrada. Entonces nadie tenía móvil todavía, así que tuvieron que dormir entre cajas de embalaje repletas de bolsos de imitación, zapatillas de deporte y hasta juguetes eróticos. En el 94, después de algunos altibajos, la relación se había consolidado, aunque en esa época ya no trabajaban juntos; sin embargo, compartían casa: un estudio de unos sesenta metros cuadrados en Chamartín.

Por primera vez ejerció de realizador en un nuevo programa, uno de los primeros *talent show* de la época. Consistía en llenar el estudio con un público lo más zafio posible y luego poner ante ellos a los más grotescos aspirantes a artistas que fuera posible encontrar. Las actuaciones de aquella interminable colección de trasgos eran interrumpidas casi siempre por una arrolladora algarabía de silbidos y gritos; en muy contadas ocasiones la persona que se desgañitaba o se agitaba en el escenario —en un paroxismo angustioso por obtener alguna clase de efímera celebridad— lograba arrancar los aplausos de aquel público sanguinario. Una vez se presentó allí una señora con su hijo, un joven veinteañero que presentaba todo el aspecto de padecer algún tipo de síndrome o discapacidad. Como realizador del programa, supervisar el *casting* no era una de sus competencias y, además, dio por sentado que serían rechazados por razones humanitarias; pero ocurrió exactamente lo contrario. Pasaron el filtro de los primeros sin el menor problema. El muchacho había aprendido a tocar un pequeño acordeón con cierta soltura y sabía reproducir diversas sintonías de programas y series de televisión, e incluso algunas bandas sonoras de películas. Lo peor eran las muecas y gestos con que intentaba expresar sus emociones al respecto. El cataclismo se desencadenó cuando la madre montó en cólera ante la hilaridad general. Perdió completamente los estribos aquella señora al darse cuenta de que se reían de su hijo. Trató, incluso, de agredir al regidor del programa, ya que interpretó que él era el provocador de aquella reacción de ludibrio colectivo, lo que no se apartaba demasiado de la realidad. Aquella desgraciada y perturbada mujer llegó a esgrimir la barra del micrófono con la intención de golpear al auxiliar con ella; algo que pudieron evitar, no sin dificultad, tres azafatas y un técnico de sonido.

Afortunadamente, el programa no se emitía en directo. Temía que aquel percance trascendiera y los directivos de la cadena lo hicieran responsable de lo sucedido, así que trató de ocultarlo; pero había demasiados testigos, además de un registro audiovisual que no podía hacer desaparecer impunemente. Por fin, hubo una reunión para evaluar aquel material, en la que él participó en un profundo estado de congoja ante las posibles consecuencias del caos que se había desencadenado en el plató. Contra todo pronóstico, un poco más allá de la línea del horizonte de su ingenuidad, se produjo una gran explosión de euforia en aquella sala durante el visionado del programa. Había que emitirlo, dijeron, y cuanto antes. ¿Estaban aquellos dos, madre e hijo, dispuestos a participar en nuevas grabaciones? ¿Habían firmado el documento de consentimiento? No sabía cómo reaccionar ante aquello. Tenía la impresión de ser el único celador juicioso en un frenopático en el que los médicos estaban mucho más desquiciados que los pacientes. Así que… ¿pensaban emitir aquel disparate? Sin duda. Y querían más cuanto antes. Ese era el panorama. Uno de los ejecutivos, galopando en el entusiasmo desatado allí, propuso un acuerdo económico con la madre desquiciada y el hijo *borderline* para asegurarse su participación en futuros programas. ¿Qué sería lo siguiente? ¿Suministrar anfetaminas a aquella desequilibrada si descendían sus niveles de violencia? La noche en que se emitió el arrebato de la madre vengadora obtuvieron un resonante éxito de *share,* pero no hubo forma de convencerlos de que repitieran. El espacio fue cancelado unas semanas después, cuando la audiencia descendió súbitamente al estrenarse un exitoso *late-night* en una cadena rival.

Esos primeros años en la televisión los recordaba ahora como una borrachera en una tarde de feria: ruido constante, subidas y bajadas sin explicación y unas continuas e irreprimibles ganas de vomitar. Trabajaba doce o catorce horas diarias, incluidos muchos sábados. Casi no tenía vida privada. Gabriela y él atravesaron a finales de los noventa su primera crisis importante. Y no sería la última, desde luego. Ella siempre estaba comparando su vida con la de su hermana, una rivalidad que procedía de la infancia y a la que él no sabía cómo hacer frente. Rosa, la hermana, era una pizpireta profesora de primaria en un colegio público de Moratalaz y estaba casada con un zangolotino administrativo de la comunidad autónoma que tenía todo el tiempo libre del mundo. Aunque eran más jóvenes que ellos, ya tenían dos hijos, chico y chica, y se estaban haciendo una casa en la sierra. Aunque Gabriela y él ejercían profesiones supuestamente más emocionantes e intensas —el audaz realizador de televisión, la incisiva reportera—, la realidad ineludible, cerca ya de la cuarentena, era que sus trabajos estaban devorando sin compasión lo poco que todavía quedaba de su vida como pareja: una rutina sexual bastante desgastada y un tubo compartido de somníferos que guardaban en el botiquín del minúsculo cuarto de baño de su apartamento de Chamartín. No había forma de mantener por más tiempo el engaño, el trampantojo de la aventura vocacional y los sueños de grandeza. Él no iba a convertirse en director de cine y ella nunca tendría un programa propio —se lamentaba ante él, con amargura— ni se convertiría en una periodista respetada; más bien, seguiría dando noticias micrófono en mano para la televisión autonómica hasta que se le cayeran demasiado el culo y las tetas y alguien decidiera que estaría mejor escondida en la redacción, actualizando los contenidos de la web y redactando noticias para otros.

Ahora, a sus cincuenta y cuatro años, le parecía que habían sacrificado la juventud para nada, pero en aquella época no tenían tiempo para pensarlo. Recordaba algunas conversaciones con su hermano Juan —dos años mayor que él, inspector de Hacienda y padre ejemplar de tres preciosas niñas— sobre su deriva profesional: «Te vas a quemar, Adrián —le decía—; búscate otra cosa. Si no tenéis hijos, que al menos sea por vuestra decisión y no por las circunstancias, o lo lamentaréis».

Odiaba aquel tono de superioridad, aquella condescendencia con la que solía hablarle. Pero odiaba mucho más verse obligado a admitir que tenía razón. ¿Por qué a partir de cierta edad las comparaciones odiosas se vuelven inevitables? El caso es que durante la juventud el pelotón avanza alegre y despreocupado. Todos los jóvenes son iguales en su loco afán por diferenciarse y en su angustioso temor a ser rechazados. Pero nadie se preocupa por éxitos o fracasos ajenos. Porque nadie ha tenido todavía tiempo de demostrar nada y no existe doblez en la conducta ni mezquinas vigilancias ni segundas intenciones. El entusiasmo de la juventud puede con todo y el alegre pelotón atraviesa sin demasiada preocupación la niebla de las incertidumbres. Pero luego, con los años, empiezan las escapadas. Unos van más deprisa que otros. Y el estímulo del descubrimiento de los demás, la golosina de conectar con los amigos, las complicidades y las pasiones compartidas dejan su lugar a la envidia y al resentimiento ante los logros ajenos. La verdad empieza a pudrirse en el margen del camino, como esa carroña de la que habla Baudelaire en uno de sus poemas: el animal muerto que sorprende a los amantes durante su bucólico paseo. Es el triste desengaño de la madurez, cuando se descubre que incluso en los consejos bienintencionados hay una morbosa delectación, un cruel y sádico placer en tutelar a quien es considerado evidentemente inferior, desvalido. Entonces se abre impúdicamente ante unos ojos ya no tan jóvenes la panza reventada de la verdad odiosa y pestilente: que los afectos siempre son en alguna medida interesados o, en el mejor de los casos, instintivos; que nuestros amigos y familiares están dispuestos a sacrificar su propia felicidad y la de quienes los rodean en el altar de sus mentiras o de sus ambiciones personales; que toda amistad sostenida durante el tiempo suficiente produce enquistado rencor y secretos reproches; que no somos capaces de verdadero perdón o amor incondicional; que, a la larga, nada pesa más que el placer y la comodidad de cada uno, y que el fracaso de nuestros amigos es un manjar frío que nos llevamos al retrete en una escudilla de plata para disfrutarlo a solas. Esto era lo que lo había corroído desde la cuarentena. Esta clase de percepciones, cada vez más nítidas. La verdad era, en fin, lo que lo estaba matando. Y, sin embargo, a pesar de todo, a veces un buen consejo podía no resultar inútil del todo. Algo debieron de influirle aquellas conversaciones con su hermano Juan durante las reuniones familiares, porque tuvo los reflejos necesarios para aprovechar la primera oportunidad que se le presentó de cambiar de vida y saltar de aquel tren sin frenos del mundo de la televisión. Se trataba de una inesperada propuesta para trabajar como realizador publicitario en una productora de Valencia. Lo más difícil fue convencer a Gabriela, pero la fortuna dio entonces uno de esos raros toques favorables con su varita mágica y, casualmente, ella se enteró de la posibilidad de trabajar allí para una radio local, lo que, si bien no suponía un gran avance profesional, al menos le evitaría pasarse el día callejeando con una cámara siguiéndola por todas partes, algo de lo que estaba bastante harta a esas alturas. Dicho y hecho. Parecía la ocasión perfecta para rehacer sus vidas y dejar atrás su pequeño y sombrío cubil en Madrid. En lo económico, la oferta era ya interesante: ganaría un poco más por un empleo algo menos estresante. Pero lo mejor eran las condiciones, en cuanto al horario de trabajo y a las posibilidades futuras de desarrollo de una carrera paralela como documentalista; un campo en el que Thalasmediterran estaba empezando a operar por entonces. Apenas tardaron mes y medio en alquilar un piso en la capital levantina. Sus respectivas empresas no les pusieron excesivos problemas para liberarlos. Así que a principios de aquel verano de 1999 ya estaban instalados en Valencia. Los primeros dos mil fueron probablemente sus mejores años. Aquel cambio en su vida pronto se reveló como un acierto indiscutible. Salir de la televisión había sido como saltar de la sartén, y las brasas de la publicidad demostraron ser algo más suaves. Rodar anuncios era una variante de su oficio que tuvo que aprender sobre la marcha, pero pronto empezó a pedalear sin ayuda de sus compañeros, y se le daba bien. En el año 2001 nació su hija Noelia, y César cinco años más tarde. La jornada de Gabriela en la radio era relativamente cómoda. Tenía el programa por la tarde y casi siempre llegaba a tiempo de preparar la cena. Por la mañana podía encargarse de los niños mientras él trabajaba en jornada continua, aunque no tan larga como en la televisión. Y los fines de semana eran suyos casi siempre. Además, empezó a desarrollar una carrera en paralelo como documentalista que le reportó el éxito más resonante de su trayectoria: un premio internacional —de la Unión Europea— que logró en 2008 por un documental sobre las rutas del vino en el Mediterráneo antiguo. Esa fue la primera vez que trabajó con un equipo profesional de buceo, y recordaba aquello como la época más brillante de su vida, cuando los chiquillos todavía eran pequeños y se lanzaban corriendo por el pasillo para abrazarse a su cintura nada más oírlo entrar por la puerta. Después empezaron otra vez los problemas. Aquella doble carrera como realizador de publicidad y documentalista volvía a requerir una entrega total, y apenas pasaba tiempo en casa. Gabriela empezó a reprocharle sus ausencias, al principio con alguna delicadeza y luego cada vez con mayor acritud, hasta que el divorcio se convirtió en la única salida posible para aquella situación. Si al menos pudiera decirse que el éxito le había costado su matrimonio, se sentiría algo menos imbécil, pero el fiasco del documental sobre el sufismo había acabado definitivamente con sus ambiciones artísticas y culturales. Ahora solo le importaba no perder del todo el contacto con sus hijos. Y tal vez su lúdica relación con Fernanda —una debilidad imperdonable, según lo veía ahora— había puesto en peligro lo único realmente valioso que le quedaba en la vida.

*

Volvió a incorporarse. Pensó que el tiempo transcurría demasiado lentamente allí, en el claustrofóbico camarote. Sin embargo, seguir confinado en su angosta celda le parecía lo menos irracional que podía hacer de momento. Apenas había pasado media hora desde que habló con Daniel y con Bernardo en el puente, pero se sentía como si llevara aislado un mes por lo menos. El tiempo, en aquella atmósfera densa y clausurada, discurría con la espesa lentitud de la cera que se derrama por el tronco de un cirio penitencial. Y no había forma de distraerse, excepto volver a la lectura; pero ese le parecía un modo bastante vergonzoso de paliar su soledad. Por otra parte, aunque la odisea ucrónica de Spiro y Hatria apenas le interesaba, no podía negar que sentía cierta curiosidad por el desenlace de *El secreto de los atlantes*. ¿Y si saltaba directamente a las últimas páginas? De pronto, aquella le pareció una gran idea. Se puso de pie sin pensarlo más y tomó el libro de la leja metálica en la que reposaba, junto a un atlas geográfico desencuadernado y una vieja novela de John le Carré.

Ninguna sentencia, por dura que sea, podrá arrebatarnos lo vivido. Ningún dictamen de un tribunal, humano o incluso divino, nos privará de nuestros recuerdos compartidos, porque la memoria nos pertenece; y ahora sé que no habrá nunca otros dos mortales que posean recuerdos comparables a los nuestros, los de un amor sostenido a lo largo del tiempo y a través de tantos tiempos y eras diferentes como tú y yo hemos atravesado juntos, Hatria, mi amada.

El último párrafo parecía sugerir un juicio y la espera de una sentencia. ¿De qué podían haber acusado al pobre Spiro, simpático joven ateniense e infatigable aventurero, amigo de los atlantes y amante de la cándida Hatria? Adrián volvió entonces a la mitad del libro y leyó en desorden algunas páginas desde el punto en que había interrumpido la lectura una media hora antes, cuando dejó a la pareja protagonista oscilando en su nave sobre los campos de Verdún, para desconcierto —cabía suponer— de los intrépidos aviadores de la época del Barón Rojo.

Después de aquel episodio, por lo que pudo colegir, leyendo un párrafo aquí y otro allá, la novela se convertía en una especie de distopía. Spiro y Hatria parecían adentrarse en un futuro no muy lejano en el que la humanidad empezaba a fundirse con las máquinas para dar lugar a una nueva especie.

—¿Y dices que esas mentes artificiales, semejantes al sofista mecánico que nos asiste para pilotar nuestra nave, pueden mezclarse con la mente humana haciendo a los hombres más inteligentes?

El problema parecía ser que esos avances no estaban al alcance de todos por igual. De hecho, la idea de igualdad, procedente del superado y extinto cristianismo, parecía haber caído en el más completo descrédito.

—En la actualidad, la democracia ya no existe, excepto en algunos países atrasados. Es una idea griega superada, como el platonismo. Acompañadme y os mostraré cómo se gobierna ahora el mundo...

Y todo aquello desembocaba en una especie de conflicto social generalizado:

... ya que deben defenderse de los *sapiens*, mucho más agresivos. No se trata de aniquilarlos, sino de mantenerlos confinados en sus reservas. Los Homine-Quanta luchan para sobrevivir, como también hicieron ellos, pero no según las leyes evolutivas anteriormente válidas, como la teleonomía o la invariancia, ni las de la vieja moral, sino guiándose por una ética superior derivada de un nuevo concepto de información vinculado a la estructura misma del universo.

Pero ¿quiénes eran esos Homine-Quanta de los que hablaba el científico que guiaba a Spiro y Hatria por los asépticos pabellones de una especie de maternidad informatizada en la que se criaban mutantes concebidos como cíborgs desde un principio? Parecía tratarse, por lo que podía leerse aquí y allá, de una nueva raza integrada por los descendientes de unos pocos potentados que habían podido costearse el proceso con sus propios recursos y unos cuantos aspirantes seleccionados por los estados más poderosos y varias corporaciones, a tenor de sus excepcionales capacidades creativas. Después venían páginas y páginas de algún tipo de conflagración final en la que los protagonistas de la historia jugaban un papel decisivo, tal vez al compartir el secreto de los atlantes con aquella minoría de nuevos y superdotados transhumanos. Hacían esto, desde luego, inspirados por el muy loable propósito de salvar al planeta de la furia destructiva de los *sapiens,* que venían a ser como las termitas.

Hatria y yo sentíamos mucha compasión por aquellas desgraciadas criaturas. Después de todo, eran humanos, igual que nosotros, pero se negaban a entender que su existencia suponía solo un accidente, una estación necesaria en un proceso evolutivo interminable. Constituían un eslabón que formaba parte de una hermosa cadena, y en eso, precisamente, consistía su única relevancia. Al principio, los Homine-Quanta habían tratado de convivir con ellos, pero los humanos antiguos resultaron ser increíblemente envidiosos y codiciosos. Pretendían gozar de los mismos privilegios que sus parientes más evolucionados, generando así toda clase de conflictos sociales. Yo podía comprender hasta cierto punto sus aspiraciones; sin embargo, me daba cuenta de que no eran en absoluto racionales. Nuestro viaje a través de la historia, combinado con aquellos días de convivencia con los Homine-Quanta, me había proporcionado una clara visión de los acontecimientos. Entendí que la raíz de todos los problemas de aquel mundo futuro al que habíamos arribado después de nuestra odisea cronológica era el cristianismo, esa extraña religión que había infectado siglos atrás, como un virus maligno, al Imperio romano. Si la racionalidad griega no hubiera sido arrasada por las fantasías y las mórbidas supersticiones de aquellos sectarios, los hombres del futuro habrían sido capaces de comprender que su destino era ceder la supremacía a los Homine-Quanta. Era el cristianismo, sin duda —no tardé en comprender esta lamentable verdad—, con su estúpida insistencia en la dignidad de cada individuo humano, con su cerril defensa de la importancia divina y trascendental de cada hombre y de cada mujer que habitaba la tierra, la perversa y retrógrada ideología que se oponía al curso racional de la evolución.

Y tal vez —pensé con horror— el verdadero padre de aquella desviación no había sido otro que el gran Platón, ese ilustre paisano mío, aquel filósofo a quien había conocido y admirado una vez. ¿No era acaso su visión del alma humana la que los cristianos habían usurpado para luego corromperla y deformarla integrándola en un mito descabellado sobre un supuesto salvador universal?

Sí, ahora ya no tenía ninguna duda. Por culpa de Platón y sus delirantes ensoñaciones sobre un alma inmortal, la humanidad entera había acabado por perder el camino adentrándose en el laberinto de las fantasías sentimentales. Y después de alcanzar esta inesperada y sorprendente claridad, ya no tardé mucho en vislumbrar cuál debía ser nuestra actitud en relación con aquel conflicto y en qué consistía el sentido racional de nuestra misión. Sin duda, como griegos educados en los genuinos principios sofistas, inmediatamente anteriores a las tergiversaciones socráticas, debíamos ponernos de parte de los nuevos hombres y contribuir a su triunfo final. Ellos eran, sin duda, los nuevos atlantes, la prolongación necesaria e inevitable del desarrollo tecnológico y científico iniciado por aquella remota cultura extinguida. Las máquinas estaban aprendiendo a imitar a la vida, pero la superaban en sus posibilidades iniciales. Cuando esta nueva mutación alcanzara su plenitud, la entropía sería, por fin, derrotada y entonces el anillo de la racionalidad se cerraría en torno a la inmortal humanidad cibernética, libre para siempre de las pasiones que habían atenazado y degradado a sus ancestros. El destino de los hombres no era otro que transformarse en máquinas, para alcanzar una eternidad informatizada en un nuevo orden cuántico que los libraría para siempre de la esclavitud del tiempo y de la muerte.

Después de leer aquel pasaje, tuvo que admitir que una buena fritura de Nietzsche, mezclado con los remanentes principios de la Ilustración y los mitos cientificistas de la ultramodernidad al estilo de Nick Land, todo ello recubierto con una gruesa capa de kétchup, daba como resultado una apetitosa hamburguesa para las mentes famélicas de la triste clase media que a duras penas había sobrevivido a la última crisis. Probablemente, soñar con una próxima humanidad cibernética era lo menos doloroso que tenían a mano para soportar su frustrante destino personal. Ellos morirían de la forma más ignominiosa y deprimente, de acuerdo, tal vez víctimas de alguna pandemia incontrolable, pero acaso sus hijos se fundieran con las máquinas, incluso sin la ficticia intervención de Spiro y Hatria. Por supuesto, los Homine-Quanta quedaban encantados con la visita de aquella pareja de zalameros viajeros temporales:

... para agradecer vuestra ayuda. Ahora que hemos aplastado la rebelión de los *sapiens*, podremos empezar de nuevo. Y este mundo que hoy comienza será como la continuación de la antigua Atlántida, la vieja y perdida civilización que vosotros, nuestros jóvenes amigos, habéis tenido el privilegio de conocer.

Después de escuchar, con profunda emoción, su noble discurso, le aseguré que Hatria y yo éramos en realidad quienes quedábamos en deuda con ellos, ya que no existe mayor privilegio para un individuo perteneciente a una especie inevitablemente destinada a la extinción que entregar el testigo de la evolución a otra especie mejor adaptada para la prolongación de la hermosa cadena de la vida. Esta era la más preciosa adquisición de nuestro intelecto, la lección que no olvidaríamos mientras viviésemos: habíamos entendido por fin que no importaban en absoluto nuestros destinos individuales.

Los saludamos por última vez, haciendo con los dos brazos sobre nuestras cabezas el gesto de saludo de los Homine-Quanta, y les dimos la espalda para ascender por la rampa extendida de nuestra nave, que nos aguardaba suspendida a pocos centímetros del suelo de aquella hermosa plaza con peristilo circular, la cual no dejaba de recordarnos a la arquitectura de nuestra época. Pronto regresaríamos a ella y a nuestra querida Atenas, pero ¿entenderían nuestros compatriotas semejante epopeya?

El último capítulo, titulado «Proceso en Atenas» sucedía muchos años más tarde, después de que la pareja protagonista regresara a su propia época. Al parecer, Spiro, ya a las puertas de la vejez, era acusado de contar a los jóvenes historias descabelladas con el fin de corromperlos y se le pedía que se retractara públicamente de ellas, algo a lo que él se negaba con socrática dignidad; estaba muy orgulloso de haber salvado a los nuevos hombres del futuro.

Me encontraba una tarde en la Acrópolis, cerca del Erecteión, contemplando las Cariátides, nuestras robustas jóvenes atenienses talladas en mármol. Admiraba su perfecta figura, con el pie izquierdo adelantado y asomando entre los pliegues de la túnica, mientras el derecho exquisitamente se transformaba en tronco de columna. En aquel preciso momento, las bañaba la luz rosada de un sol poniente y trágico que se hundía en un crepúsculo sangriento. De pronto, recordé las maravillas que había contemplado en un futuro lejanísimo —el cual, extrañamente, formaba parte ahora de mi pasado— y me pareció que ninguna de esas estampas prodigiosas superaba a la belleza de mi Atenas natal, la ciudad que generosamente se ofrecía, aquella tarde hacia el final del estío, a mis envejecidos y melancólicos ojos.

Avizoré la mirada hacia el monte Licabeto, nimbado por una bruma dorada, y vi una bandada de charranes formando sobre él un triángulo perfecto, como una flecha disparada directamente hacia el Egeo; y me di cuenta entonces de que, por mucho que viajemos a través del espacio o del tiempo, ningún hallazgo supera a la conciencia elemental de estar vivo, aunque sepamos que se trata de un milagro tan perecedero como todo lo demás. El propio cosmos —ahora lo sabía con certeza— no era más que un chispazo procedente de la pira en la que se había consumido el cadáver de algún dios muerto y olvidado. Sin embargo, nada de esto justificaba que me sintiera desdichado, porque mi destino se había cumplido del modo menos ingrato posible.

Verdaderamente, logré alcanzar mi sueño juvenil de encontrar a los atlantes supervivientes; e incluso había tenido el privilegio de visitar, en todo su esplendor, la mítica capital de su imperio. ¿Cómo podría haber resistido a la tentación de compartir con los más jóvenes aquellas aventuras extraordinarias? Mis fuerzas habían flaqueado en la vejez, sí, y entonces mi vanidad traicionó a mi inicial propósito de mantener en secreto aquellos insuperables descubrimientos. Ahora debía pagar el precio y estaba dispuesto a ello. Solo me entristecía un poco la idea de separarme de mi amada Hatria. Sabía que muy pronto —tal vez a la mañana siguiente— sería apresado y sometido a juicio, pero ya no me importaba demasiado. Esa misma noche en mi casa, o incluso en una triste celda —como esta que, en efecto, el destino me ha deparado—, continuaría con mi biografía, que quedará más tarde bajo la custodia de mi esposa y de nuestros hijos, para que en una época más propicia sea revelada y publicada por algún futuro historiador amante de la verdad y del progreso humano.

Animado por estos esperanzadores pensamientos decidí descender hacia la campiña, más allá de las murallas, para vagar libremente una vez más —quizá la última— por los alrededores, tan gratos y familiares, de la ciudad que me había visto nacer. Sin embargo, los hallé estragados y en parte abandonados por los efectos de la prolongada guerra. No lograba conciliar fácilmente aquel panorama con el esplendor de ese mismo paisaje en los años de mi niñez, cuando la ciudad, por fin recuperada de la terrible peste que la había azotado en tiempos de Pericles, conoció algunos breves años de prosperidad. Además, el final del verano suele ser triste. En el aire se perciben los densos efluvios de la fermentación, que son como heraldos de la retirada de la savia. En muchos de los campos los zarzales ocupaban ahora el lugar del trigo y de las viñas. Me crucé con un grupo de mujeres distinguidas que parloteaban alegremente. Vestían ricos peplos de lino y quitones amarillos y blancos, e iban acompañadas por sus esclavos, quienes transportaban grandes vasijas y ánforas bellamente decoradas. Solo se vive una vez, reflexioné mientras recorría aquella polvorienta carretera, y el alma se extingue con la vida del cuerpo que la sustenta, pero no brotará de mis labios ni una queja, ni una protesta, sino solo mi gratitud infinita por tan inmenso regalo.

Definitivamente, era justo reconocer que el final de la novela colmaba todas las expectativas del lector medio de ciencia ficción: desde el transhumanismo y la informática de base cuántica hasta la sexta gran extinción. El autor no había dejado un solo ingrediente intacto en su despensa: ni una lata sin abrir, ni un bote por desprecintar. Su divisa podría ser: echa en la olla todo lo que tengas a mano y remueve sin miedo.

Miró la hora en su móvil. Eran casi las siete menos cuarto. Se puso en pie y abrió el ojo de buey. El mar ahora parecía en calma. Aún quedaba luz, pero el día empezaba a declinar. Pensó que era hora de volver a relacionarse con los otros tres. No tenía sentido mantenerse en aquella especie de arresto voluntario. Debía volver a mezclarse con ellos. Bernardo parecía haberse puesto de su parte por la razón que fuese. Daniel se había encastillado en su diagnóstico de locura generalizada y contagiosa, pero no parecía decidido a ir más allá de eso. La incógnita era lo que declararía cuando estuvieran delante de un juez, aunque no parecía recomendable intentar averiguarlo de momento. ¿Y Esperanza? Estaba soportando una prueba terrible. Fernanda podía considerarse su amiga y, ahora, su cadáver estaba dentro de un congelador en la bodega mientras ella debía resignarse a permanecer recluida en un cascarón de hierro en medio del océano, acompañada por varones que parecían haber caído en una especie de fiebre furiosa, en una frenética espiral de violencia, sin esperar ayuda externa ni poder huir a ninguna parte. Le dio lástima. Era una buena chica. Menos voluptuosa que Fernanda. Tal vez un poco menos femenina en ese sentido, con su escaso pecho y sus caderas algo estrechas. Pero tenía un rostro agradable y sereno, ovalado, con unos ojos redondos y casi siempre soñolientos, ojos de niña que, sin embargo, poseían el brillo de una inteligencia despierta y observadora. A su modo, resultaba atractiva si se le daba una oportunidad, si se la observaba el tiempo suficiente. Su modesta estatura y su voz, afectada por una especie de ronquera que le restaba sonoridad, hacían que fuera sencillo considerarla una mujer de poco carácter. Y no lo era en absoluto. ¿Qué estaría pensando en aquel momento? Adrián comprendió que no tenía más que subir y averiguarlo.

*

La encontró en el entrepuente, sentada sobre la colchoneta del banco adosado al mamparo, con el móvil en la mano. Le dirigió una mirada extraña, casi compasiva; incluso abrió los labios como si fuese a decir algo, pero de pronto apartó la vista de él. Parecía haberlo pensado mejor. Seguramente, opinaba que callar sería lo más prudente.

—Quizá Daniel tenga razón —dijo Adrián, sentándose al revés en una de las sillas, con los brazos cruzados sobre el respaldo. Ella lo miró interrogativamente, pero permaneció en silencio—. A lo mejor nos hemos vuelto todos locos.

—Yo no estoy loca —replicó con solemnidad, y después de unos segundos añadió en voz baja—: Eso era de una canción, ¿verdad?

Esperanza intentó disimular una sonrisa que evidentemente consideraba inoportuna, pero él entendió que no estaba ante un muro infranqueable. Su actitud hierática, distante, constituía una barrera de cautela perfectamente comprensible en aquellas circunstancias. No la tenía en contra. Al menos, no del todo.

—Estoy destrozado, pero no me siento culpable.

—¿Y eso no es contradictorio?

Adrián no respondió enseguida. Se la quedó mirando con interés; luego, proyectó hacia delante los labios, como si fuera a silbar, y frunció el ceño.

—No creo. Me siento fatal por lo que ha sucedido, claro, pero no me veo como un asesino. —Después de pronunciar esa frase volvió a guardar silencio unos segundos y, como ella se limitaba a mirarlo con atención, continuó—: Pienso que ha sido un accidente. Yo no podía prever que Carlos caería al mar tan estúpidamente.

—Ha sido mala suerte, sí. —Ella hizo un gesto evasivo, una levísima inclinación de su cabeza, un imperceptible movimiento de sus cejas, eran signos que parecían sugerir que aún podría decir algo más.

—Pero… —sugirió él para ayudarla a continuar.

—Podías haber evitado la situación —dijo Esperanza con rotundidad.

Adrián guardó silencio. El barco se deslizaba suavemente hacia el crepúsculo y el sonido ronco de la máquina no era más que un sordo murmullo.

—Sí. Eso es verdad. Lo provoqué.

—¿Y no te sientes culpable por eso?

Al oír aquella pregunta notó cierta crispación, como si ya se encontrara en la sala del juzgado, ante el tribunal; pero él había iniciado la conversación y no podía sentirse ofendido ni apartar la cara de la acusación. Era hora de empezar a afrontar las consecuencias de sus actos.

—Sí, de acuerdo. Me siento culpable… hasta cierto punto. Pero fue un accidente. Tú lo has visto.

—Fue una discusión que terminó en pelea. No creo que quisieras matarlo.

Evidentemente, sabía que eso era exactamente lo que él necesitaba oír en aquel momento. Y resultaba significativo que hubiera premiado su sinceridad con aquella frase. Le parecía muy revelador acerca de su actitud y de lo que cabía esperar de ella. Una vez más, como había ocurrido una hora antes con Bernardo, sintió cierto alivio. Decidió que lo mejor sería dejar las cosas en ese punto. Si hablaban más, si le daban más vueltas, corría el riesgo de estropearlo todo. Se levantó con cuidado de la silla y miró a Esperanza con un esbozo de sonrisa, inmediatamente absorbido por un deliberado y grave gesto de contrición. Después, abandonó el entrepuente.

Afuera, el viento era un poco menos cálido que antes. Se puso la sudadera que llevaba sobre los hombros. Habían dejado ya atrás aquella borrasca que circulaba por el norte hacia Florida. Caminó hasta la popa y apoyó una rodilla en el banco de la regala. Puso las dos manos en la barandilla y observó un rebaño de nubes espesas y lanosas que se perdían por el horizonte, como engullidas por una estrecha franja de luz cuyo brillo, de un dorado muy pálido, casi blanco, recordaba al de la hoja de una catana. Se iba a hacer pronto de noche y él había matado a un hombre aquel día. Tal vez no fuera un asesino, pero sin duda, en lo que le quedaba de vida, debería aceptar la calificación de homicida. Nunca habría imaginado eso. Si alguien se lo hubiera vaticinado, habría puesto el grito en el cielo. Habría negado entre risas, o tal vez con desesperada obstinación, esa posibilidad. ¿Matar él? Nunca. A nadie. Por ninguna razón. Excepto… Y en esa salvedad, en esa consideración extrema, se agazapaba el concepto que podría salvarlo; un principio jurídico —y ético— reconocido en todos los países del mundo: el de la legítima defensa. Pero para eso —no conocía la letra de la ley, pero sí los principios generales del ordenamiento jurídico— para eso debería demostrarse que su uso de la fuerza había sido proporcionado. ¿Y era este el caso? Realmente, no estaba muy seguro. No cabía duda de que Carlos se había lanzado contra él con gran violencia, pero no como para matarlo. Su respuesta fue instintiva. Ese era el punto fuerte, claro; a eso debía agarrarse ante el tribunal: no tuvo tiempo para pensar, fue una reacción ciega y automática. El leve roce de unos pasos sobre la cubierta le hizo volverse. Esperanza se acercaba a él con una expresión triste, con unos ojos inquisitivos o suplicantes. Quería decirle algo, era evidente. Se puso junto a él y miró también hacia el resplandor del horizonte. Desde detrás de un oscuro nubarrón un haz de sol se abría ahora entre el cielo y el mar como un tenue abanico de oro.

—Tengo que contarte una cosa —dijo. Adrián la miró expectante y algo sorprendido—. Es… sobre Bernardo.

Ningún tema podía interesarle más en ese momento.

—Te escucho —la invitó, agachando un poco la cabeza. Y ella empezó a hablar.

—Es algo que me contó Fernanda a primeros de octubre, cuando nos vimos en Valencia. Estaba pensando en matricularse en Psicología, como yo. Se le ocurrió la idea en el otro viaje, en julio, cuando le conté que yo estaba en segundo. Hablamos de eso… Y en septiembre casi parecía decidida. Al final, no lo hizo porque le salió un contrato de seis meses. Una sustitución en una residencia privada, creo. Y, según ella, no sería muy compatible ese trabajo con los estudios. No sé... Ya sabes cómo era. Un poquito loca, cambiando siempre de opinión.

Sí. Él sabía muy bien cómo era, desde luego. Y ese aire alocado, de prontos muy explosivos y entusiasmos pasajeros, que tan bien armonizaba con su físico vigoroso, exuberante, constituía uno de sus principales atractivos. Así era Fernanda.

—El caso es que hablamos de la carrera, le di algunos apuntes, varios *links*, algún pdf, vimos juntas el temario de alguna asignatura... Pero no solo hablamos de eso. También del grupo. Del documental sobre el Triángulo y los días que pasamos navegando. De vosotros...

Al decir aquello, «de vosotros», había bajado un poco la voz, como si fuera un asunto delicado; hizo una pausa.

—De nosotros —repitió Adrián, sin disimular su interés.

—Sí, eso es. De vosotros. De ti, de Bernardo, de Carlos... Me dijo que le gustaban dos hombres del grupo.

Uno de ellos era él, estaba claro. ¿Quién era el otro? Sentía la urgencia de preguntarlo, pero decidió permanecer en silencio. Era mejor dejarla hablar, respetar sus tiempos.

—Creo que Fernanda tuvo una relación con Bernardo un poco antes de tenerla contigo.

Casi se sintió ofendido por aquella revelación. No le molestaba tanto que Fernanda se hubiera tirado también a Bernardo como el hecho de que no le había contado nada. Eso sí le parecía humillante. Si se lo hubiera dicho, aquello no habría cambiado las cosas. A él no le habría importado mucho. Pero así se sentía burlado. Aunque, pensándolo fríamente, no tenía ningún sentido su reacción. ¿Qué más daba con quién se hubiera acostado antes? Él nunca se interesó por su historial. Lo suyo era lo que era. Ninguno de los dos buscaba un compromiso ni una relación seria. Y sin embargo...

—Una tarde, en Valencia, me dijo que cada uno de vosotros la atraía por un motivo diferente. En tu caso era el carácter. Eso me dijo: me gusta su carácter. De Bernardo le gustaba, básicamente, el cuerpo. El culo, la cara y los brazos. Eso fue lo que me dijo exactamente. Y también que apenas hablaba, lo que en su caso le parecía una ventaja. Entonces le pregunté directamente si ya se había enrollado con él. Se rio. Y no tuve ninguna duda sobre lo que significaba esa risa. Después le pregunté si también se había liado contigo. Se rio más. Insistí, pero no quiso contármelo. Se hacía la vergonzosa, en plan de comedia, ¿sabes? Con picardía. Dijo que ya me enteraría de todo.

Bernardo, no Carlos. Adrián sintió que el corazón le brincaba tras las costillas, como el brujo de una tribu africana bailando en una choza de ramas para invocar a los espíritus inmundos. Entonces él había matado a un inocente. En el fondo, era lo que había sospechado desde el primer momento. Carlos era un idiota, sin duda, pero no un asesino. Y Bernardo, en cambio —ahora ya estaba claro—, era el verdadero psicópata.

—¿Por qué no lo dijiste antes? —le preguntó a Esperanza con un gesto de reproche, casi de furia contenida, y que en realidad no era sino un arrebato de culpa y rabia contra sí mismo—. ¿Por qué no lo dijiste cuando hablamos aquí antes?

Ella parecía otra vez a punto de desmoronarse. Temió que se echara a llorar. Su gesto era de miedo y estupor; tenía las mejillas encendidas y las aletas de la nariz blancas. Dio un paso hacia atrás, como si casi temiera que él la golpease.

—No lo sé. No sé qué decirte. No lo sabía. No estaba segura… Ella solo me dijo… que le gustabais los dos. Nada más. Cuando tú les preguntaste a los otros, pensé que todo estaba a punto de aclararse. Pero luego empezaste a discutir con Carlos y me sentí… totalmente sorprendida, bloqueada. Tuve miedo. No sabía qué decir para… No pude reaccionar. Todo fue demasiado rápido. ¿Qué tenía que haber hecho? ¿Acusar a Bernardo de haberla matado? ¿Delante de todos? No podía hacer eso. No estaba segura.

—¿Ahora piensas que ha sido él? —Esperanza lo miró desconcertada. Adrián se compadeció de ella. Aunque fuese a destiempo estaba siendo valiente, y él no se lo ponía fácil—. ¿Por qué no yo?

—No —dijo con una convicción absoluta—. Tú no has sido. Eso lo sé.

Esas pocas palabras iban claramente mucho más allá de su significado estricto. Había algo en su actitud, en su entonación, que no dejaba lugar a dudas. Adrián se sintió como un estudiante de Traducción cuando, después de darle muchas vueltas, se le revela el auténtico sentido de una frase. Ella confiaba en él de manera ciega, ilimitada. Lo conocía, o creía conocerlo. Sabía de qué color eran las entretelas de su alma. Esperanza retiró la mirada avergonzada, como si le estuviera leyendo fácilmente el pensamiento.

—Hay que hablar con Daniel —dijo, acercándose un poco a ella y apoyándose otra vez en el pasamano—. Pero en un momento en que esté solo. Bernardo no tiene que notar nada, ¿vale? Voy a bajar a mi camarote ahora mismo. Espera un poco aquí. Luego bajas y te metes en el tuyo. Y no salgas para nada hasta que yo te avise.

El abanico de luz se había extinguido frente a ellos como si alguien hubiera pulsado un interruptor. La oscuridad se adensaba cada vez más hacia el este y el cielo se había tornado de un añil con tonos malva y violáceos. Jamás hubiera imaginado que Esperanza estaba enamorada de él. Toda su hostilidad de un momento antes le parecía de pronto vergonzosa, y repentinamente la necesidad de protegerla se anteponía a cualquier otro objetivo o consideración. No había ya la menor duda de que Bernardo era un ser abyecto y peligroso. Estaban viajando con un escorpión a bordo, y nadie podía estar seguro de cuánto veneno le quedaba en las glándulas o de cuándo volvería a picar a alguien.

(B)

Era raro que el viejo no lo hubiese llamado todavía. Al atardecer solían turnarse en el puente para la cena. Y luego, por la noche, también se turnaban para el descanso, aunque confiaran la navegación al piloto automático. Eran ya las siete menos cuarto. Hora de subir y ver cómo iba todo por allí arriba. Abandonó su cabina y cerró la puerta. Recorrió el estrecho pasillo y estaba a punto de subir por la escalerilla cuando oyó la voz de Adrián. Se detuvo y escuchó.

«A lo mejor nos hemos vuelto todos locos». Hubo un silencio de varios segundos. Luego habló ella: «Yo no estoy loca —dijo, y después de un breve silencio añadió—: Eso es de una canción, ¿no?».

Se acercó un poco más y pegó la espalda al mamparo, justo a un lado de la escalerilla, para seguir escuchando sin ser sorprendido, en caso de que se asomaran y mirasen hacia abajo. No parecía que estuvieran hablando de él. Adrián dijo algo que no logró entender, pero sí que captó la réplica de ella. «¿Y eso no es contradictorio?», había preguntado Esperanza. El otro tardó un poco en responder. «No creo. Me siento fatal por lo que ha sucedido, claro, pero no me veo como un asesino. —Otra vez transcurrieron algunos segundos; luego continuó—: Pienso que ha sido un accidente. Yo no podía prever que Carlos caería al mar tan estúpidamente».

Bonita manera de sacarse al muerto de encima, pensó. «Que caería al mar», como si Carlos hubiera tropezado, vamos. O como si lo hubiese empujado una ráfaga de viento después de haberse emborrachado con una garrafa de ron de caña. Estaba claro que Adrián no había tenido nada que ver con el asunto. ¿Tampoco había tenido nada que ver con su muerte lo mucho que lo despreciaba y la soterrada rivalidad que mantenían desde la expedición del último verano?

«Pero podías haberlo evitado», observó ella con dulzura. Sí, por supuesto que podría haberlo evitado. El mérito de una vida se reflejaba mucho mejor en lo que uno se resistía a hacer que en lo que finalmente hacía. Para volverse loco solo había que dejarse llevar por la corriente. No era necesario inventarse nada, bastaba con dejarse arrastrar por impulsos que no ha puesto uno mismo en su propio cerebro y en su cuerpo, sino que están ahí desde siempre, desde que nace. Bernardo pensó que él era también un perfecto ejemplo de eso. Y Adrián no estaba hecho de una pasta diferente.

«¿Y no te sientes culpable por eso?».

La culpa, desde luego. Ese era el problema. Y la vergüenza. Pero ambas desaparecen cuando te das cuenta de que te hace falta más fuerza de voluntad para seguir los impulsos hasta el final que para resistirte. Ahí estaba la clave de todo. Él prefería ser un malvado que un cobarde. La cobardía era el peor de los pecados, el verdadero vicio que le había hecho sufrir toda la vida.

Si lo pensaba bien, los pocos días de felicidad que había conseguido tuvieron su origen siempre en un golpe de decisión, en una explosión de carácter. Solo había logrado sentirse vivo de verdad cuando, en lugar de resistir a una necesidad o a una inclinación, había aplicado los cinco sentidos y toda su fuerza de voluntad al objetivo de satisfacerla, asumiendo de antemano todas las consecuencias posibles.

«Sí, me siento culpable, de acuerdo. Pero fue un accidente».

Todo era un puro accidente, claro. De eso no cabía la menor duda. La vida y la muerte eran los accidentes más estúpidos que uno podría imaginar. Estás allí, en la nada, te distraes un momento, miras hacia esa zona más transparente del blanco que te rodea, donde parece que el aire se hincha un poco, como si el silencio quisiera contarte un secreto al oído, y ya estás aquí, en el puto y cochino mundo, y te están gritando todos a la vez, y te sientes como un gilipollas que se ha dejado traer aquí, al ruido, a la mierda. ¿Por qué? No hay respuesta. Nunca hay respuesta para eso, ¿verdad? Porque sí. Porque te tocaba. Porque te has distraído. Por eso. Te has distraído un momento y te merecías nacer. Y, una vez que has nacido, ya es un no parar. Dolor y más dolor sin ninguna razón, ni falta que hace. A callar. A callar y a tragar hasta el final. Hasta siempre. Hasta nunca. Hasta la nada otra vez.

Bernardo notó que estaba temblando de rabia. Definitivamente, él ya no se sentía culpable. Ya no. Había dejado eso muy atrás. Ahora estaba al mando y los otros bailaban su música sin saberlo. Lo que Adrián había hecho antes en la cubierta, ese puñetazo, era solo una improvisación en medio de una partitura compuesta por él. Sentía rabia y alegría al mismo tiempo. Qué extraño. Le daban ganas de subir y reírse de ellos en su cochina cara. Desafiarlos, enseñarles su pene erecto incluso, para que vieran que él estaba por encima de sus frases hechas y de su infantil compasión.

«No creo que quisieras matarlo».

Qué estúpida. Pues claro que quería matarlo. Y le habría encantado ver cómo despedazaban su cuerpo las tintoreras debajo del agua. Eso habría sido lo mejor de todo. Un poco mejor, incluso, que echar un buen polvo con la guarra de Fernanda.

Silencio. La conversación había terminado. Ahora podía subir sin interrumpir algo interesante. Aunque tampoco se habría perdido nada demasiado importante de no haberse parado a escuchar: remordimientos, zalamerías, buenas palabras. Venga, sí, Carlos ha muerto, pero no pasa nada, no te preocupes, hombre.

Esperanza lo miró con aprensión cuando subió al entrepuente. ¿Qué pensaba realmente de él? Durante la otra travesía habían bromeado algunas veces, pero ahora lo miraba con desconfianza, incluso con miedo. ¿Por qué no miraba de ese modo a Adrián o a Daniel?

—Voy arriba —anunció con una levísima sonrisa para no pasar a su lado como si ella no estuviera allí, lo cual tal vez habría resultado un poco más sospechoso.

—Vale —dijo la bióloga, sin llegar a mirarlo a los ojos más de medio segundo, mientras metía sus pequeños pies, con las uñas pintadas de azul, en las sandalias de goma.

Bernardo subió al puente de mando y saludó a Daniel. El patrón estaba en el cuarto de derrota, apuntando algo en su cuaderno. Se había abierto una lata de cerveza, lo que quedaba un poco fuera de su costumbre. No solía beber antes de la cena.

—Ya era hora, ¿no? —le espetó con una mirada recriminatoria.

—Bueno, podías haber…

—Baja a mirar otra vez la máquina, anda.

—No hace falta. Está bien. De verdad. La he mirado antes. ¿No oyes cómo suena?

Daniel parecía un poco enfadado con él, pero eso no era tan raro después de todo. Lo miraba como un viejo dragón que valora y desestima, casi en el mismo instante, la posibilidad de calcinar a su víctima con un soplo de fuego. Luego pasó a su lado con el cuaderno en la mano y se dirigió a la cabina de mando. Bernardo lo siguió como si fuera su perro faldero. Daniel desconectó el piloto automático y comprobó el rumbo. Después posó una mano en el timón y sacó los prismáticos del cajón de la bitácora; se los puso ante los ojos y miró hacia el horizonte, ya casi del todo sumido en las sombras de la noche. De pronto, a Bernardo se le ocurrió que había llegado el momento de averiguar lo que pensaba de él, y consideró que no tenía mucho que perder si se lo preguntaba directamente.

—Daniel… —el patrón lo miró de reojo, bajando los prismáticos y volviendo un poco el rostro hacia él, aunque no del todo—, ¿piensas que yo he matado a esa chica?

No pareció demasiado sorprendido por la pregunta. Hizo una mueca extraña que podía interpretarse lo mismo como una sonrisa exculpatoria que como un gesto de puro desprecio; aunque a Bernardo le pareció más bien lo segundo.

—Yo no creo nada. Creer o no creer será cosa del forense y del juez.

—Pero me interesa lo que pienses —después de pronunciar esas patéticas palabras hizo una pausa desesperada, y añadió—: Fue Carlos, ¿sabes? Adrián piensa lo mismo.

—No sé quién de vosotros está más loco —farfulló Daniel mientras volvía a guardar los prismáticos en el cajón.

Bernardo permaneció en silencio y repasó los controles con un vistazo largo y atento. Todas las agujas parecían estar en su sitio. Aparte de Daniel, únicamente él estaba capacitado para pilotar el barco con garantías.

—Pero, ya que sacas el tema —dijo el patrón cruzándose de brazos y apoyando el culo en el tablero de mandos—, hay algo que me gustaría saber.

Él procuró sonreír, como si nada de lo que fuera a preguntarle pudiera preocuparle ni lo más mínimo.

—Vale, dime.

—En agosto quedaste con Fernanda en Tenerife, ¿no? Un par de noches por lo menos, que yo sepa. Cuando volvimos de hacer lo del Triángulo… Ella se quedó por allí unos días, antes de volver a la península.

—Ya, sí. Nos vimos dos veces en total. Un par de noches… con unas amigas suyas. Pero no pasó nada. Eso no es salir con una mujer, ¿verdad?

—¿Y por qué no lo has dicho cuando hemos hablado de eso antes en cubierta?

Estaba bien haber abierto el melón. No se arrepentía de su iniciativa. Así podía estar seguro de lo que pensaba su jefe, una información muy valiosa para él.

—No lo he dicho porque lo que Adrián ha preguntado es si nos vimos después del verano. Tú crees que yo tuve un rollo con Fernanda, ¿verdad? Te equivocas. No tuve nada con esa chica, te lo aseguro. Nada en absoluto.

Daniel volvió a colocarse delante del timón, casi dándole la espalda.

—Yo ni creo ni dejo de creer, ya te lo he dicho. Pero no me imagino a Carlos matando a nadie.

Bernardo volvió a sonreír y paseó la mirada por la cabina de mando. Entre la bitácora y el tablero había una llave Allen de gran tamaño. ¿La había olvidado él mismo allí después de usarla en algún momento? ¿O tal vez había sido cosa del patrón?

—¿Y a mí sí? ¿A mí sí me imaginas…?

Daniel no abrió la boca. Seguía mirando hacia delante a través de los cristales del puente con semblante inexpresivo. El barco volvía a cabecear ligeramente, pero no había de qué preocuparse. El pronóstico era bueno. Bernardo salió del puente y regresó al cuarto de derrota. Había un estrecho ventanuco desde el que se dominaba la popa, se asomó por él casualmente y entonces vio a Adrián y a Esperanza hablando allí abajo. Los dos estaban apoyados en el pasamano contemplando la puesta de sol, pero hablaban de algo muy seriamente. ¿De qué? ¿De quién? Observó atentamente su actitud y sus gestos y ya no le cupo la menor duda de que su tema de conversación era él. Esperanza estaba dispuesta a exculpar a Adrián porque sabía que no tenía nada que temer del realizador. Confiaba en él. A lo mejor hasta le gustaba ese hombre. Así que aquellos dos también se iban a poner en su contra. Eso seguro. No necesitaba ser tan listo como lo era para anticipar aquello. Y de pronto lo vio claro. No le parecía nada difícil atar cabos. Fernanda se lo había contado. Esperanza y ella eran amigas. Tal vez no íntimas, pero sí lo suficiente como para compartir algunos sucios secretos. Esa chica era mala. Alegre y mala. Se reía de todo. Incluso de sí misma. No respetaba nada. No respetaba a nadie. ¿Seguiría riéndose allí abajo, en la cámara frigorífica? Era una lástima que no hubiera sido un poco más sincera con él. Una verdadera lástima que lo suyo no hubiese funcionado, que las cosas no hubieran podido ser de otro modo. Pero no valía la pena pensar más en ello. ¿Y qué hacer ahora? ¿Qué hacer ahora que ya todo estaba perdido? Perdido, sí. A no ser que encontrara algún modo de engañar a los de fuera, porque a los de dentro ya era imposible. ¿Sería aún capaz de manejar a los que los esperaban en tierra con un montón de preguntas preparadas? Tal vez todavía tenía una oportunidad. Al menos valía la pena intentarlo.

(A)

«No salgas de tu camarote hasta que yo te avise», repitió enfáticamente, mirando a Esperanza con un gesto muy grave, tenso, incluso crispado. Ella asintió con claridad y volvió a mirar hacia la dorada línea del horizonte. Adrián le dio la espalda y penetró en el entrepuente. Dudó un momento. Miró hacia la escalera y pensó en subir a la cabina de mando para hablar con Daniel directamente; pero en ese preciso momento oyó la voz de Bernardo. Preguntaba algo al patrón, acerca de las cartas y el rumbo fijado. Era mejor seguir el plan. Se recluiría en su camarote y esperaría a que Daniel estuviera solo. Si seguía su costumbre, tomaría algo para cenar antes de bajar a dormir. Ese podía ser un buen momento.

Descendió a la cubierta de la tripulación y recorrió el estrecho corredor hasta llegar a su cabina. Había que ir sobre seguro. Tenía que meditar con calma, antes de hacer cualquier cosa. ¿Hasta qué punto podía ser peligroso aquel mecánico tímido y retraído? Era extraño pensar en alguien con quien había convivido días y semanas como en un asesino. La personalidad de aquel chico, más bien plana, anodina, su falta de iniciativa, su laconismo…, todo eso parecía casar mejor con el perfil de un ser inofensivo que con el de alguien capaz de estrangular a una mujer a sangre fría. Pero si lo que Esperanza le había revelado era cierto, no había ninguna duda. No existía posibilidad de error. Daniel debía saberlo, por supuesto, pero en el momento oportuno, cuando el otro no anduviera cerca. Ya había habido suficiente violencia en aquel barco. Lo prioritario era evitar a toda costa la posibilidad de un nuevo estallido.

Miró la hora en su móvil. Eran las siete y dieciocho. En unos veinte minutos probablemente podría encontrar a Daniel en el comedor del entrepuente, revolviendo en la despensa para tomar algo antes de acostarse un rato. Bernardo estaría entonces arriba, al timón. Esa sería la ocasión. Siempre estaba arriba uno de los dos. Tenía que haber alguien vigilando toda la noche. Daniel dormía cuatro o cinco horas y subía otra vez de madrugada, a las tres o así, para relevar al mecánico. Contarle lo que sabían era una medida elemental de prudencia, pero lo ideal sería hacerlo sin que se enterase el otro. Debían fingir que todo seguía igual hasta llegar a puerto.

Después de todo, en medio del Atlántico no podían hacer otra cosa. Ni siquiera encontraba que tuviera mucho sentido encerrar a Bernardo en algún compartimento de la bodega o en su propio camarote. Aunque sobre eso Daniel, como capitán, tendría la última palabra. De momento, lo único que podía hacer era esperar allí. Miró el libro, que estaba aún sobre la cama, y pensó casi con simpatía en las andanzas de Spiro y Hatria. Quizá, después de todo, no fuera una novela tan mala si la principal virtud de un libro consistía en distraer al lector y hacer que se sintiera un poco más inteligente que los personajes que aparecían en él. Al menos, no dejaban de ocurrir cosas. Y los viajes en el tiempo eran garantía de amenas peripecias y de toda clase de aventuras emocionantes, como había podido comprobar. ¿Quién podía resistirse a eso? Quizá un hombre de cincuenta y cuatro años que claramente estaba perdiendo el contacto con su niño interior, después de algunos fracasos profesionales y de un divorcio doloroso. Esa era la realidad. No valía la pena engañarse.

Se sentó sobre el estrecho colchón y pensó de nuevo en su familia. ¿Qué estarían haciendo en aquel momento? ¿Qué hora sería en la península? La noche en la que estaban ingresando ellos en ese instante, en la que hundían ahora la proa, era la misma que ya había envuelto la costa levantina hacía al menos un par de horas. Así que, con toda certeza, estarían durmiendo. Tal vez Gabriela podría permanecer todavía despierta, pero no resultaba muy probable. No solía trasnochar. Desde que estaban en Valencia no necesitaba somníferos. Sabía que dormía a pierna suelta de doce a ocho como una bendita. La envidiaba por eso, y también por el hecho de que estaba con sus hijos y no en medio de una verdosa nada sobre un abismo de cuatro mil metros de profundidad, en compañía de un mecánico demente, un capitán cansado y una bióloga asustada. Al menos su familia estaba a salvo y esa idea no dejaba de procurarle algún consuelo.

Una sola vez había llegado a temer por la vida de uno de sus hijos. Sucedió en 2012, durante una estancia en el Cabo de Gata. César contaba apenas seis años y se fue con su hermana para bucear en una cala próxima a la playa de San José. Noelia regresó sola y dijo que lo había perdido de vista en un momento en que ella se adentró un poco en el mar persiguiendo un banco de lubinas. Había algo de oleaje y el niño no aparecía. Avisaron a la Guardia Civil y llegó a organizarse una verdadera batida por toda la costa de San José. Gabriela no dejaba de llorar y él tenía ganas de morirse por haber autorizado a los chicos a alejarse de ellos aquella mañana. A media tarde, el chiquillo apareció por el hostal tan campante, acompañado por el dueño de un restaurante en el que solían cenar. Según les explicó aquel hombre, había aparecido por allí, asustado y hambriento, como un gorrión caído del nido, hacia las tres. No recordaba el móvil de ninguno de sus padres y tampoco el nombre del hostal en el que se hospedaban. Se comió él solo la mitad de una pizza familiar mientras daban parte de su desaparición a la Policía Local. Pero como todavía no se había emitido una orden oficial de búsqueda, la Guardia Civil no recibió el aviso hasta casi dos horas más tarde. Finalmente, todo quedó en un susto y en un cruce de reproches con su mujer, pero ese día de finales de julio supo cuál era exactamente el verdadero significado de la palabra terror. Hasta que Gabriela y él se separaron, cinco años después de aquello, no volvió a autorizar a ninguno de sus hijos a alejarse ni a dos manzanas de casa sin contar con ella para establecer juntos las condiciones exactas del permiso; lo que le acarreó no pocos problemas en la fase inicial de la adolescencia de Noelia. La sola idea de perder a uno de sus hijos reducía casi a la nada su inveterada y arraigada preocupación por su propia mortalidad. Al final, ese era el único amor real. Solo se quiere de verdad a los hijos. Solo por ellos uno está dispuesto a inmolarse, a sacrificarse del todo. Muy pocas cosas en la vida eran importantes, solo después de tenerlos a ellos se había dado cuenta realmente de eso. Su frustrada carrera como documentalista cultural con estilo propio, por ejemplo, ahora incluso le hacía sonreír. Ya casi no le importaba nada. Y menos en aquellas circunstancias. Carlos siempre se había burlado, aunque de forma solapada, de sus antiguas aspiraciones artísticas. Esa era una ofensa que no había podido perdonarle. Si era del todo sincero —y allí, solo, encerrado, ¿cómo podía no serlo?—, estaba obligado a admitir que no lamentaba haberlo matado. Esa era la nauseabunda verdad. Aquel imbécil se reía de su fracaso, de sus pretensiones, de sus renuncias. Nunca debió haber hablado de todo aquello a sus compañeros, pero resultaba difícil conservar la intimidad y guardar los secretos durante las singladuras largas.

Lo peor, lo más hiriente para él, era que Carlos, entretanto, tenía éxito con esa empresa de aventuras que había montado y que le permitía convertir sus aficiones en una cómoda manera de ganarse la vida. Y ahora lo más ridículo de todo, el mayor de los sarcasmos consistía en que resultaba que tenía a aquel irritante difunto como protagonista de su documental sobre la Atlántida. ¡Junto con la pobre, la malograda Fernanda! Ellos formaban el equipo de buceo y exploración. Y muchas veces habían explicado en cubierta, ante el objetivo de su cámara, cuál era el propósito de la búsqueda, cuál era el supuesto vestigio arqueológico que el océano ocultaba en su lecho. Así que ahora tenía a dos fantasmas como protagonistas de la futura pieza para televisión; si es que lograba salir del atolladero en el que se encontraba. Unas tres horas de filmación de Carlos y Fernanda curioseando entre unos extraños bloques regulares muy cerca de las Bahamas. Aunque allí, en verdad, no había forma de ver una pirámide, Carlos sabía cómo vender bien la emoción del hallazgo a la cámara. Eso había que reconocerlo. El documental sobre el Triángulo fue un éxito en parte gracias a ese don. Quien lo hubiera tratado habría llegado inevitablemente a la conclusión de que se encontraba ante un fanfarrón y un bocazas, pero —justo le parecía reconocerlo— delante de la cámara se transformaba: su entusiasmo pueril se revestía de una curiosa intensidad dramática. Era fotogénico y sabía transmitir sensación de aventura, la emoción del descubrimiento, aunque solo se tratase de unos cuantos bloques pulidos debajo del agua, sin gran interés para la geología ni para la arqueología. Sin embargo, la productora valoraba mucho la eficacia de aquel pequeño equipo para generar un material sugerente con muy pocos recursos. Ahí estaba la clave.

Pero todo eso había quedado relegado y eclipsado por una atrocidad imprevista; por un suceso horrible que tal vez él mismo, de un modo totalmente inconsciente, había provocado. Y luego, la muerte de Carlos. ¿Cómo iba a librarse de eso? Se sentía culpable, sencillamente porque lo era. Detectaba en su corazón la misma frialdad que echaba en cara a los demás, a quienes no lo habían valorado o amado lo suficiente a lo largo de su vida. Le repugnaba verse obligado a admitir que casi no le había dolido la muerte de Fernanda y apenas si le preocupaba la de Carlos, salvo por los problemas que pudiera acarrearle. En medio de esta tormenta de amargura y autoflagelación nada podía desconcertarlo más que la extraña idea de que Esperanza pudiera haberse enamorado de él. ¿Valía la pena vivir en un mundo habitado por seres de su propia calaña? Ahí estaba la pregunta decisiva del examen, ahí se jugaba el aprobado para vivir. No habían inventado a Dios —de pronto veía esto con gran claridad— tanto para vencer a la muerte cuanto para soportarse a sí mismos los hombres, durante la extensión miserable de sus vidas. Dios era solo un truco para convencerse de que había alguien capaz de amarlos, ya que entre ellos solo existía frialdad y soledad en la tierra. Lo que estaba pasando en aquel barco no era sino una verificación, una demostración empírica de la realidad esencial de la especie a la que pertenecía. ¿Y cuál sería el último eslabón de aquella tétrica cadena? Si seguía muriendo gente a bordo, tal vez lo mejor sería poner las cámaras en marcha y vender aquello a la productora, no como una pieza sobre la civilización perdida, sino como el *reality* más cruel y sangriento de la historia de la televisión. Quizá se lo pagarían mucho mejor.

Un golpe muy fuerte lo sobresaltó en ese momento y lo sacó de sus tétricas reflexiones, obligándolo a incorporarse. Luego sonaron dos o tres golpes más, aunque un poco menos audibles. ¿Qué estaba pasando? Se puso de pie y se precipitó hacia la puerta con la intención de salir, pero una paralizante sensación lo detuvo cuando ya tenía la mano en la manija. No era difícil reconocerla o nombrarla: miedo. Así de simple. Eso era lo que le impedía salir al pasillo. Se dio la vuelta y sacó de la taquilla el macuto donde guardaba el equipo de submarinismo. No lo había utilizado ni una sola vez en aquella travesía. Lo colocó sobre la cama y descorrió la cremallera de uno de los bolsillos laterales para extraer el cuchillo. Luego lo sacó de la funda y contempló durante dos o tres segundos la hoja serrada de acero inoxidable. Se volvió hacia la puerta y salió al corredor con el cuchillo en la mano derecha.

El último atlante

Había algo antinatural y amenazador en el silencio del barco. Se oía el monótono rumor de la máquina en funcionamiento y algún débil crujido de la estructura de vez en cuando, pero no se percibía ni el más leve indicio de vida humana. Daniel estaba arriba, en la cabina del piloto. Lo había oído hablar apenas unos minutos antes. ¿Qué hora sería? Tal vez las siete y media. ¿Dónde estaba Esperanza? ¿Le habría hecho caso? ¿Se habría encerrado en su camarote? Solo tenía que retroceder tres o cuatro metros por el pasillo para asegurarse, así que decidió comprobarlo. Llamó a la puerta con suavidad, golpeándola quedamente con los nudillos. Primero tres veces y luego cuatro más. Finalmente colocó los dedos en la manija y abrió despacio. El pequeño compartimento estaba vacío. Había unas bragas cuidadosamente colocadas en el respaldo de la silla y sobre el pequeño pupitre un cuaderno de tapas verdes. Volvió a cerrar la puerta. Instintivamente miró hacia arriba. ¿Estaría todavía en cubierta? Avanzó por el corredor hasta la escalerilla y volvió a detenerse. No pudo evitar recordar aquellos relatos sobre barcos perdidos cerca de las Bermudas, a los que se aficionó bastante durante una época cuando era adolescente. Aquellas historias estremecedoras sobre veleros encontrados a la deriva en un mar en perfecta calma; el desayuno cuidadosamente servido en la mesa, pero ni rastro de sus tripulantes. El recuerdo de esa literatura barata sobre el mito del Triángulo confería cierta sensación de irrealidad a lo que de verdad estaba ocurriendo. Pensó en Bernardo y sintió una rabia sorda que le hizo apretar con fuerza la empuñadura del arma que sostenía a la altura de su cintura y que elevó un poco, apuntando hacia arriba. Tenía que subir. Esperanza podía necesitar su ayuda. Y, de todos modos, no quería quedarse allí abajo indefinidamente.

El entrepuente también estaba vacío. El barco avanzaba sobre la mercúrica superficie del océano. Hacia el horizonte, donde el último sol ya no la hacía brillar, el agua se volvía de un azul tan oscuro como el cobalto. Ahora apenas había oleaje ni viento. Navegaban rumbo al este a escasa velocidad, seguramente con piloto automático. Todavía quedaba algo de luz diurna. Salió a cubierta y avanzó hacia la popa. Desde allí era imposible distinguir si había alguien en la cabina de mando. Tendría que subir. Regresó al interior y volvió a detenerse un momento para escuchar. Nada. Ni el más mínimo ruido. Subió por la escalerilla con todos los músculos en tensión. No había nadie en el puente. ¿Dónde estaba Daniel? Miró hacia el cuarto de derrota. Avanzó hacia allí con cuidado y se asomó cautelosamente. El patrón estaba sentado de espaldas a él. Dormía recostado sobre la mesa de planes. ¿Dormía? Enseguida supo que algo iba terriblemente mal allí. Y el miedo regresó, como una invisible ola gigante. El olor a muerte era insoportable. Daniel no dormía. Estaba más bien desplomado sobre la mesa. Había sangre por todas partes. Rodeó el cuerpo con pasos cortos, sin acercarse a menos de un metro e intentando controlar el temblor de la mano con la que empuñaba el cuchillo. El cráneo parecía casi partido en dos mitades. Presentaba una brecha enorme en la cima. Y de esa cabeza, ladeada sobre la mesa, se derramaba un espeso reguero de sangre y sesos que discurría como la lava de un volcán hacia la mejilla y hacia los labios entreabiertos. Era como si el pobre desgraciado estuviera a punto de alimentarse de su propia masa encefálica. Sus ojos también estaban espantosamente abiertos. En el suelo, al otro lado de la silla, había una enorme llave Allen con un extremo totalmente bañado en sangre. Sintió deseos de gritar, pero los reprimió. Se apartó instintivamente de allí, retrocediendo hacia el puente. Se volvió y miró nerviosamente hacia la escalerilla. La siguiente pregunta, por supuesto, era dónde estaba aquel psicópata hijo de perra, aquel asesino desquiciado. Estaba claro que le iba la vida en averiguarlo, antes de que pudiera sorprenderlo también a él.

Descendió de nuevo y salió al exterior. En cubierta, al aire libre, se sentía un poco menos vulnerable. Allí, si intentaba atacarlo, al menos tendría la oportunidad de defenderse. Pero debía buscar a Esperanza. Se le ocurrió entonces que tal vez la hubiera matado también a ella. Sin embargo, se trataba de una idea tan devastadora que no se sentía capaz de asimilarla, o sencillamente considerarla. Estaba viva. Tenía que estarlo. La cuestión era dónde buscar. Sobre un mar en calma el resplandor final de la tarde se apagaba serenamente bajo una cúpula espesa de nubes altas. Un horizonte incendiado de oro y púrpura era el último alarde del sol hacia el oeste; un histriónico golpe de efecto, exagerado y ridículo, antes de rendirse a la noche.

Una vez más, no podía quedarse paralizado. Debía moverse. Y tenía que ser metódico para registrar el barco. Había que pensar por exclusión. Bernardo no estaba arriba y tampoco en la popa. Así que tendría que echar un vistazo a la proa antes de continuar hacia abajo. No creía que estuviera allí, probablemente se ocultaba en la sala de máquinas, en la bodega o quizá en alguno de los camarotes; pero tenía que asegurarse. Atravesó el entrepuente y salió a proa con el cuchillo en la mano. Había algo o alguien allí, sí, pero no era Bernardo, sino una pequeña figura sentada. Le pareció una niña con un impermeable amarillo. Y en su regazo tenía algo. ¿Qué era? Sostenía en sus brazos un objeto que se agitaba como un pájaro aleteando o algo semejante; un pájaro intentando escapar, le parecía. Cerró los ojos un momento y cuando los abrió de nuevo comprendió que la niña era en realidad una de las boyas amarillas de señalización. Las empleaban durante las inmersiones para marcar el punto concreto hacia el que dirigir la neumática. Y el pájaro era el plástico negro que sobresalía del palé de las botellas de aire comprimido que estaba junto a la boya. Mala cosa, si ya no podía estar seguro ni de lo que veía. El problema era el agotamiento, por supuesto. Había trabajado mucho aquellos últimos días y la noche pasada no había dormido bien. Si a eso sumaba la tensión emocional acumulada durante aquella jornada, el resultado no podía ser otro que una demoledora fatiga.

Y lo peor era la falta de ánimo, la abrumadora desidia que empezaba a anegar el motor de su voluntad. No tenía ganas de luchar por nada. Supuso que si sobrevivía a toda aquella aberración tendría que dar infinitas explicaciones, y le costaba mucho pensar en alguna buena razón para seguir bogando. Era mayor y estaba aburrido. El mundo ya no le parecía un lugar emocionante. Se hacía viejo y todo había cambiado mucho. Pronto no quedaría en pie nada de lo que él había conocido. Se sentía como un involuntario superviviente de alguna raza extinguida. En el mejor de los casos, podían quedarle un puñado de años buenos. Y luego los minutos de la basura, esos que se juegan mirando de reojo al árbitro cuando ya no se puede alterar el resultado del partido. ¿Valía la pena? Una idea simple y grotesca brotó de la chistera de su imaginación como un fofo y estúpido conejo al final de una función triste y fallida. Se le ocurrió que podía sentarse en el suelo, poner el cuchillo a un lado y esperar. Simplemente esperar. Se le ocurrió la idea de dejarse matar por aquel degenerado. Muerte de atlante. Sin esperanza ni miedo. Sin embargo, sus hijos —pensó con rabia— sus hijos no merecían eso. No merecían recibir aquella absurda noticia. Ellos lo querían, estaba seguro. Querían a su padre, aunque fuera un fracasado. Y, al pensar en ellos, un recuerdo brillante y sólido afloró a la superficie de su memoria. Se trataba de algo que había ocurrido unos diez años atrás, cuando los chicos eran todavía muy pequeños. Noelia estaba aún en primaria y César debía de ser prácticamente un bebé. Regresaban de Madrid a Valencia, después de visitar a los padres de Gabriela. El abuelo estaba muy enfermo y pensaron que sería mejor preparar a la niña para una probable mala noticia. Habían comentado el asunto y coincidían en que no tenía sentido ocultarle la realidad; así que hablaron con ella la víspera del regreso, por la noche. Noelia quedó visiblemente afectada, pero no dijo nada en absoluto, ni una palabra. Se abroqueló en un silencio defensivo y selló sus labios. Fueron del todo inútiles los esfuerzos de su madre por animarla a expresar sus sentimientos. Parecía enfadada, más que triste. A la mañana siguiente, en el coche y sin previo aviso, preguntó: «Papá, y cuando tú te mueras... ¿qué pasará?». Él interpretó la cuestión de un modo general, y le respondió que eso dependía de lo que ella decidiera creer. «Hay gente —le dijo— que piensa que después de morir las personas van al encuentro de Dios...». Noelia le corrigió inmediatamente: «No, pero qué me pasará a mí». Gabriela, sentada en el asiento del acompañante, soltó una risa nerviosa. «¡Noelia! —exclamó—. Papá no se va a morir en mucho tiempo. ¿Qué preguntas son esas?».

Sus hijos. Tenía que seguir de pie por ellos. Al menos por ellos no podía rendirse. Miró alrededor y vio que el mar presentaba ahora un aspecto extraño. Parecía casi blanco como un enorme plato de leche. El barco se deslizaba sobre él con inusitada suavidad. Le pareció que todo se había vuelto de pronto de juguete, el mismo océano, el mundo entero. Sintió que la vida, la suya, la de todos, tan palpitante e hiriente, tan innegable por su abyecta habilidad para producir dolor, tenía lugar en una enorme burbuja de irrealidad de la que no escaparían nunca sus risas ni sus gritos. El amor se disiparía sobre la tierra cuando la atmósfera se volviera demasiado densa y asfixiante, y todos los recuerdos humanos quedasen sepultados en un espasmo final del tiempo. Todo implosionaría y regresaría a la nada. Pero ¿y el amor que sentía por ellos? El amor por sus hijos ¿sería entonces como si nunca hubiera existido? ¿Cómo podía dejar de existir algo mil veces más real que el sólido cuerpo en que habitaba?

Oyó un ruido a su espalda y se volvió hacia el entrepuente. Había dejado la portezuela abierta y avanzó hacia ella despacio. El barco osciló ligeramente y casi perdió el equilibrio. El mundo volvía a ser demasiado real y peligroso. Miró adentro. No había nadie. Tendría que bajar. Estaba decidido. Ya se había inclinado un poco para descender por la escalerilla cuando, por alguna razón —tal vez un sonido insignificante, como el del aire deslizándose en las fosas nasales—, se dio la vuelta. Y allí estaba, de pie, justo en la puerta que comunicaba con la popa. Tenía un pesado martillo en la mano. Sonrió y retrocedió un poco. Instintivamente, avanzó en su dirección esgrimiendo el cuchillo de buceo a la altura del pecho.

—Espera —dijo Bernardo entonces, con una expresión repentinamente crispada—. Por favor, espera. No sabes cómo siento todo lo que ha pasado. No sabes cuánto…

—Que lo sientes… —repitió él, en una especie de abortado golpe de risa.

—Lo siento mucho, aunque no me creas. Eso da igual. No me importa que me creas o no. Lamento todo lo que ha ocurrido. Nada de esto tendría que haber pasado. Nada…

—¿Dónde está Esperanza? —preguntó, adelantando todavía un poco más el arma.

Bernardo no respondió, pero continuó retrocediendo, caminando muy despacio de espaldas hacia la popa.

—Te he hecho una pregunta —insistió.

Bernardo no despegó los labios, pero introdujo su mano izquierda en el bolsillo delantero de su chaleco sin mangas.

—¿Me vas a matar? —lo interrogó sin énfasis, casi apático, como si apenas sintiera una leve curiosidad—. Tendrás que intentarlo —añadió—, si quieres recuperar esto.

Con la mano izquierda, le mostró un *smartphone*. Él lo reconoció de inmediato: era el de Esperanza.

—Lo siento. Ella no tenía que haber muerto. Pero lo necesitaba, ¿sabes? Es... por un vídeo que grabó esta tarde. No te habías dado cuenta, ¿verdad?

Ahora los dos estaban en cubierta, al aire libre, en medio de un inmenso y pálido crepúsculo. No, no se había dado cuenta. Y ella no se lo había dicho tampoco.

Esperanza llevaba días grabándolo todo. Lo hacía mecánicamente. De un modo casi automático. Así que había grabado aquello también. La pelea. La muerte de Carlos. Pero ¿por qué no se lo había contado si confiaba en él? Tal vez porque todo había sucedido demasiado rápido. No le contó lo que sabía acerca de Bernardo y Fernanda hasta casi el final de la tarde. Podía entenderlo. No estaba segura de nada y no sabía muy bien qué hacer en aquellas circunstancias. Bernardo, de pie frente a él, a unos tres metros de distancia, le mostraba el *smartphone* de Esperanza con la mano izquierda mientras blandía el martillo con la derecha. ¿Era una sonrisa, esa rara torsión de sus labios, esa mueca nerviosa, o solo el resultado de una tensión extrema? No era fácil decir lo que era, pero sí era fácil notar lo repulsivo del resultado.

—Puedes intentar matarme ahora mismo. Podemos destrozarnos, o podemos hablar. Ya sé que lo que he hecho es imperdonable. No voy a justificarme. Soy culpable y no hay más que hablar. No hay más que hablar sobre eso. Pero te pido que mires hacia adelante. Estamos aquí, atrapados. Estamos juntos en medio del mar y no podemos escapar el uno del otro, ¿verdad?

Sentía el impulso de terminar con aquello de una vez. Lanzarse sobre él. Apuñalarlo frenéticamente. Pero era fuerte y tenía un gran martillo para defenderse. Seguro que sabría cómo emplearlo. La imagen de Daniel con la cabeza aplastada había dejado en su mente una abrumadora sensación de repugnancia y terror que lo paralizaba.

—No quería matar a Fernanda, te lo aseguro. Cuando subí a este barco, yo no quería matar a nadie. Pero os oí la otra noche en su camarote. No pude evitarlo. ¿Sabes lo que sentí? ¿Te lo puedes imaginar? No creo. Nadie puede ponerse en el lugar de otro. Nadie. Vivimos lo que nos toca, lo que nos toca a cada uno, ¿verdad? Estamos separados como si hubiera un cristal irrompible. Pero te pido que intentes entenderlo. Esta tarde tú te has dejado llevar por un impulso, ¿no? Pues yo me dejé llevar por otro. Sé que está mal, pero ya no puedo cambiarlo. El futuro es otra cosa. Piensa en lo que nos espera…

—Pienso en lo que te espera a ti —lo interrumpió sin saber muy bien lo que decía—. ¿Crees que vas a escapar? ¿Crees que te vas a librar? La muerte de Carlos ha sido un accidente. Si es verdad que está grabada, eso es lo que verán todos…

—Un accidente… Sí, todo es un accidente, ¿no? Pero sabíamos cuánto lo odiabas. Querías librarte de él. No somos tan distintos, Adrián, si lo piensas. Los dos hemos matado y los dos estamos arrepentidos. Vamos a ver qué podemos hacer a partir de ahora. Solo te pido que hablemos, antes de sacarnos las tripas el uno al otro. No somos animales. Podemos intentar volver a ser personas si quieres escucharme.

—¿Y a Daniel? —dijo notando cómo la ira se acumulaba en sus tejidos, en las fibras de sus músculos, en sus nervios—. A Daniel también lo mataste por un impulso incontrolable, supongo.

—Él lo sabía todo. Estaba contra mí. ¿Qué podía hacer? Lo siento. Lo siento por él y por todos. También lo siento por Esperanza. ¿Qué vas a hacer ahora? ¿Acabar conmigo? ¿Matarme a sangre fría? ¿Eres tú mi juez? ¿Quién te ha nombrado verdugo? Escucha, solo escúchame un minuto más. Intenta pensar en frío. Aquí hay una grabación que demuestra que tú también eres un asesino. Para quitármela tendrás que matarme primero. Pero hay otra posibilidad. No es nada fácil, pero si contamos la misma historia, si decimos exactamente lo mismo, entonces… entonces quizá podríamos librarnos. No es del todo imposible, si nuestras versiones coinciden. Piensa… Sabemos que Carlos cenó una vez con Fernanda en Alicante, ¿te acuerdas de eso? Así que… así que el celoso podría haber sido él. Podría haber tenido una historia con ella, ¿no? ¿Y si fue él quien la mató? Y luego, cuando lo descubrimos, se volvió loco y decidió matar a los demás. A Esperanza. Y también a Daniel, cuando intentó impedirlo. Nosotros dos tuvimos que defendernos. Lo matamos en defensa propia.

—En el cuello de Fernanda están tus huellas, imbécil —se arrepintió de esas palabras nada más pronunciarlas. En cierto modo, era como ayudarlo. Aunque por el movimiento negativo de su cabeza y la poca sorpresa que expresaba su gesto él ya debía de haberlo pensado.

—Eso ya lo sé. Pero estamos sobre el cementerio más grande del mundo, ¿sabes? Podemos deshacernos del cuerpo de Fernanda. Ya encontraremos una forma de justificarlo… Diremos que fue Carlos el que lo tiró por la borda. Todo puede salir bien, si nos protegemos el uno al otro. Ya sé que no confías en mí, pero si te pones en mi lugar… si piensas un poco con mi cerebro, verás que no tengo ninguna razón para no respetar el trato. No tengo ninguna razón para traicionarte. En cuanto lleguemos a tierra —le aseguró, mostrándole otra vez el *smartphone* de Esperanza—, haré desaparecer esto. Puedes creerlo. Es algo que me interesa. Nos interesa a los dos. ¿No lo entiendes? Es mejor que acusarnos mutuamente. He escuchado la grabación y no se oyen bien las palabras. Ni las tuyas ni las de Carlos. El ruido del mar impide oír la conversación. Si llega a manos de la policía, pensarán que él te acusaba de haber matado a Fernanda y que por eso perdiste los estribos. Yo podría confirmar esa suposición. Podría decir que la mataste por celos y que en ese momento todos lo sabíamos.

Ahora el asunto estaba más claro. Se había descubierto. Culpar a Carlos de todas las muertes sería muy difícil. Lo que aquel demente se proponía era, más bien, culparlo a él. La grabación apoyaría su testimonio. Seguramente, en su locura, pensaba que así aún tenía una posibilidad de escapar. Quedaban varios días de navegación hasta llegar a puerto. ¿Qué podía hacer? Era un psicópata. De eso no cabía la menor duda. Así que probablemente intentaría matarlo en cuanto tuviera la más mínima oportunidad, si no se lo cargaba él primero. Pero no se sentía capaz de saltar sobre Bernardo en ese momento. Estaba demasiado débil. Necesitaba un poco más de tiempo. Era mejor dejar que siguiera hablando. Seguramente ahora los dos pensaban lo mismo. Necesitaban una tregua. Hasta los locos furiosos necesitan una tregua de vez en cuando.

—Estoy harto de toda esta puta mierda, ¿sabes? No tengo ningún motivo para engañarte sobre esto... Si te digo que estoy arrepentido..., si te lo digo es porque de verdad lo siento. No tenía nada contra Daniel ni contra Esperanza. Y lamento mucho que hayan muerto. Te juro que lo siento. Pero eso ya no sirve para nada. No nos sirve ni a ti ni a mí. A lo mejor no te gusta lo que te voy a decir, pero tenemos más en común de lo que tú crees. La vida no me ha salido bien. Y sé que a ti tampoco. Pero es difícil librarse del instinto de supervivencia. Los dos queremos seguir probando. Es como el juego. No se termina hasta que se termina. Y, aunque la tentación de tirar las fichas es grande, también es grande y fuerte la tentación de seguir en la mesa, ¿eh?

»Estamos igual. No hablas, pero yo sé que tus sentimientos no son tan distintos. Te das asco a ti mismo. Se nota. Se nota mucho, perdona que te lo diga. ¿Y qué? ¿Cuándo hemos decidido ser como somos? En ningún momento en concreto, me parece. Somos la suma de lo que nos ha pasado y nada más. Lo que nos ha pasado y los genes que traemos al mundo. ¿Quién puede culparnos? No hay culpables si se mira desde lejos, si se mira desde la distancia suficiente. Odiabas a Carlos. No lo puedes negar. Eso lo sabíamos todos. No, no hay tanta distancia entre nosotros si lo piensas.

Al oír aquellas palabras sintió una vergüenza infinita. Fue como darse cuenta de pronto de que no tenía piel. Estaba desnudo como nunca en su vida. Acababa de oír una verdad horrible, semejante a una criatura fea y odiosa que lloraba delante de él pidiendo que la abrazara y la acunara. No quería hacerlo. Le repugnaba. Levantó los ojos al cielo y vio que la oscuridad era ya casi total, pero aquella noche no habría estrellas ni luna en el firmamento. El barco avanzaba despacio sobre un agua tan espesa como la gelatina, bajo una bruma cargada de triste y sucia mortalidad.

—Tienes que superar todo esto. Tienes que seguir adelante, por tus hijos —continuó Bernardo, ocultando un poco el martillo detrás de la pierna derecha—; sé cuánto los quieres. No hay más que oírte, ¿sabes? Llevamos días oyéndote contar cosas sobre ellos. No tiene sentido que carguemos con estos muertos. No tiene sentido, por mucha lástima que nos den. Por ellos ya no podemos hacer nada. Pero podemos hacer algo por nosotros. No tiene sentido, Adrián, piénsalo..., tirar tu vida a la basura por un arrebato, por un ataque de ira. Yo sé lo que es no poder controlar la rabia que llevas dentro. Yo lo sé, y por eso te entiendo. No soy quién para perdonarte, pero sí que puedo comprenderte. Y tú tampoco puedes perdonarme a mí, ni yo te lo pido, pero puedes intentar ponerte en mi lugar, ¿no? Eso sí. Inténtalo, por favor.

Sí. Podía ponerse en su lugar. Claro que podía. Y tal vez tuviera razón al incluirlo en una misma categoría general, una a la que ambos indiscutiblemente pertenecían: la de los homicidas. Pero había una gran diferencia, una brecha enorme y tremenda que los separaba. Y esa grieta no era posible cerrarla con palabras. No había palabras suficientes en todos los diccionarios del mundo para cerrar esa grieta. Podía seguir hablando toda la noche, aquel hijo de Satanás, si quería, pero eso no borraría nunca la diferencia que existía entre ellos. Él no había matado deliberadamente ni a sangre fría. Pensó en Fernanda, en su cuerpo gozoso y en su piel tersa, en su figura femenina y exuberante, en su alegría de vivir; pensó en Esperanza, en Daniel… No. No habría pacto. No habría trato aquella noche. Se lo debía a ellos. Y a sus propios hijos. La disyuntiva, entonces, resultaba clara. Tenía solo dos posibilidades. Una era tratar de llegar vivo a puerto para contar la verdad de lo ocurrido, aceptando su responsabilidad en la muerte de Carlos. Y la otra, la que más lo tentaba en ese momento, consistía en matar a aquel tarado en cuanto tuviera la más mínima ocasión.

Tal vez esa decisión implicase perder a César y a Noelia, distanciarse de ellos de un modo ya irremediable, pero intentar ocultar lo que había sucedido en el barco durante las últimas horas era un crimen que destruiría cualquier diferencia apreciable que sirviera para distinguirlo del asesino que tenía delante. Y a eso no estaba dispuesto, fuera cual fuese el precio. Sentía que tenía que dar ejemplo, aunque no quedara ningún vestigio de su acción, ni siquiera un testigo. Incluso en el caso de que tampoco él sobreviviera, o no fuera capaz de explicar lo sucedido allí, incluso entonces, el ejemplo tendría valor y sentido. La verdad nunca se le había revelado con tanta claridad, con tal fuerza de evidencia. Todo lo que había vivido hasta ese momento le parecía pura anécdota, un largo preparativo para una única decisión en la que todo lo que él era, todo lo que en el fondo valía ante sí mismo, pero apenas había sido capaz de percibir en esos últimos años, se condensaba ahora y quedaba limpio, como una copa de plata mohosa después de lavarla y limpiarla a fondo.

—Deja el martillo en el suelo, y luego yo dejaré el cuchillo. Podemos hablar de esto tranquilamente.

Bernardo bajó la cabeza y la movió negativamente mientras reprimía una especie de risita burlona que escapaba de sus labios en forma de resoplido. La luz del entrepuente estaba encendida y el último resplandor de la tarde que se agotaba todavía permitía distinguir con relativa claridad sus facciones, pero la oscuridad pronto envolvería el barco por completo y sería más difícil anticiparse a sus movimientos. Claro que la oscuridad era una desventaja equitativamente repartida.

—Mejor tira el cuchillo al agua tú primero. Con un martillo no voy a intentar matarte. No estoy tan loco. Eres un tío fuerte, ¿no?

Una imprevista interrupción detuvo la escalada verbal. Esperanza salió a cubierta trastabillando, arrastrando los pies. Llevaba algo grande en la mano derecha. ¿Qué era?

Verla aparecer por la puerta estanca que comunicaba con el entrepuente fue algo parecido a presenciar una auténtica resurrección; literalmente, como ver a un muerto regresar del inframundo. El fusil. Eso era lo que llevaba en la mano. El fusil submarino. Con empuñadura negra de plástico y un arpón larguísimo terminado en punta de flecha. Ni siquiera lo miró a él. Tenía los ojos clavados en Bernardo. Ojos de hielo, cargados de un desprecio mortal y de un odio infinito. Su cara estaba terriblemente magullada. Tenía un ojo entrecerrado y amoratado y un corte en uno de sus pómulos. También había varias laceraciones muy visibles en su cuello. En particular, una herida sangrante y profunda que rodeaba toda su garganta. Entonces lo entendió. Las piezas del relato se ensamblaron espontáneamente dentro de su cerebro, como si estuvieran imantadas. Apenas tenía que remontarse a unos minutos atrás, cuando oyó aquel ruido desde el interior de su camarote. Esa sucesión de golpes que lo obligaron a salir, tomando antes la precaución de armarse con el cuchillo. Debía de haberla atacado justo después de matar a Daniel. Quería el *smartphone*, por supuesto. Debió de asaltarla en el pasillo o en el entrepuente y arrastrarla a alguna parte, tal vez a la bodega o la sala de máquinas, para estrangularla con algo: un cable, un cinturón, una cuerda... Y la había dado por muerta. Qué imbécil. Era difícil de matar esa mujer, y no tan frágil como parecía. Notó que un sentimiento explosivo, de furia y alegría entremezcladas, se formaba con extrema e incandescente violencia en sus entrañas, igual que la acumulación de gases y material piroclástico cuando alcanza el punto crítico en la caldera de un volcán, justo antes de la erupción. Estaba dispuesto a saltar sobre el mecánico, pero ella tomó la iniciativa con una calma asombrosa. Levantó el brazo despacio y apuntó a su cara con el fusil. No estaba ni a tres metros de él. Bernardo hizo oscilar levemente el martillo y la miró con una incredulidad patética. Debió de pensar en lanzarse contra ella, pero no pudo reaccionar a tiempo. La flecha del arpón salió disparada del fusil con un sonido silbante, como de aire comprimido, y fue a clavarse en su ojo izquierdo.

Bernardo lanzó un grito increíblemente agudo, soltó el martillo y levantó las manos, como si pidiera ayuda al cielo. La flecha debía de haber atravesado su globo ocular, pero no llegó a hundirse mucho en su encéfalo, porque no perdió el conocimiento. Siguió gritando. Lo hacía cada vez más fuerte. Esperanza dejó caer el fusil sobre la cubierta de teca. Se miraron con simétrica expresión de horror. Estaba muerto y no estaba muerto. Entonces, ¿qué podían hacer ahora? Nada. No podían hacer nada en absoluto, salvo esperar a que muriese de verdad. ¿O tendrían todavía que matarlo ellos? Pero existía un límite en el corazón de cada hombre, de cada mujer que habitaba la tierra para la abominación que eran capaces de tolerar, y estaba muy claro que tanto Esperanza como él habían alcanzado ya ese límite; así que serían incapaces de llegar más lejos. Esperar, no podían hacer otra cosa.

El mecánico siguió chillando por un tiempo, y luego esos gritos se fueron transformando en un quejido más débil y angustioso, parecido al llanto monótono de un niño enfermo. Y, a continuación, sucedió algo inaudito. Aquel psicópata, tan terriblemente herido, se apoyó en el chigre con cuidado y pareció caer en una especie de estupor quejumbroso, meneando la cabeza levemente a un lado y otro mientras la sangre le corría por el pómulo y la mejilla. Entonces no pudo evitar que le pasara por la mente una idea incómoda. Ella lo había matado —si es que se podía anticipar semejante desenlace—, lo había matado a sangre fría y con un propósito innegablemente vengativo. Pero ¿quién se atrevería a culparla? Desde luego, él no. El espanto de la violencia que aquel canalla había desatado a bordo los había acabado arrastrando a todos a una fiebre de vesania compartida, como en una ceremonia ritual y bárbara. Incluso aquella mujer, de modales generalmente delicados, también aquella bióloga tan comedida, tan prudente y observadora, se había dejado arrastrar.

Claro que Bernardo había asesinado la pasada noche a su amiga y, además, acababa de atacarla a ella con una brutalidad indescriptible. ¿Qué juez podría condenarla? Ahora Esperanza se encontraba en una situación no demasiado diferente de la de él. ¿Estaría alguien dispuesto a culparles de lo sucedido? El odio se propagaba por el alma y el cuerpo como el fuego en la yesca. Eso era lo malo. Avanzar hacia la civilización había supuesto para la humanidad fatigar durante siglos un laberinto de senderos interconectados, desandando a menudo los ramales del error cuando los hombres se equivocaban en una bifurcación. Sin embargo, regresar al salvajismo originario, a la raíz violenta y depredadora de la vida, eso podía hacerse por un camino recto y sin desvíos, en un lapso de tiempo increíblemente breve. Y era exactamente lo que había ocurrido durante aquel día en el barco.

Todo terminó con una acción simple, tan imprevista como grotesca. Unos cinco minutos después de que Bernardo recibiera el disparo de arpón en el ojo dejó de gritar;

se irguió y caminó con torpeza hasta el fusil; lo tomó y permaneció inmóvil un momento, como si meditara el siguiente paso. Luego, se dirigió precipitadamente a la borda y se arrojó al océano. El ruido de su cuerpo al entrar en el agua fue como el chasquido final de una rúbrica, el último trazo de una firma frenética al pie de una carta monstruosa y sin sentido. Su cuerpo —podía imaginarlo con facilidad— sería devorado por los peces durante una oscura y lenta caída sin final. ¿Acaso no flotaban, después de todo, sobre el cementerio más grande del mundo?

Esperanza estaba llorando en silencio. Se le aflojaron las piernas hasta quedar acuclillada primero y sentada después en la cubierta del barco. El llanto se trasformó en una especie de hipo que sacudía sus hombros y, seguramente para tratar de contenerlo, acabó cubriéndose la cara con las manos. No se atrevía a acercarse a ella. Se limitó a depositar el cuchillo en la falca de popa y se sentó allí a esperar que se desahogara. Pensó en sus hijos otra vez. Era lo único en lo que valía la pena pensar en ese momento. ¿Llegaría a contarles a ellos lo que había vivido allí? ¿Podría servirles ese conocimiento para hacer frente a la abrumadora e inagotable hostilidad del mundo que los esperaba en cuanto abandonaran el nido? Habría tiempo para pensar en todo ello. De momento, el problema más acuciante consistía en mantener el rumbo y asegurar la navegación. El barco seguía avanzando con el piloto automático; ninguno de los dos supervivientes estaba realmente capacitado para pilotarlo. Aunque si el tiempo seguía siendo bueno no habría ningún problema, y en todo caso siempre podían pedir ayuda. En realidad, ahora que lo pensaba, eso sería lo primero que deberían hacer. Subir al puente y pedir ayuda. Y después ocuparse del cuerpo del pobre patrón, claro. Todo lo demás lo irían resolviendo sobre la marcha.

El llanto había cesado y la bióloga miraba con una especie de melancólica atención hacia algún punto situado a unos dos o tres metros de distancia, cerca de la borda de babor. Allí, junto al martillo, había otro objeto, oscuro, rectangular. Su móvil, claro. El *smartphone*. Ella se puso de pie con gran resolución, con un vigor sorprendente. Dio un par de pasos y recogió del suelo el celular. Miró hacia él interrogativamente, como si estuviera a punto de pedirle opinión o consultarle algo; pero no llegó a despegar los labios. Levantó el brazo derecho y lanzó el móvil a las olas. Luego se volvió de nuevo y lo miró con una expresión amable. La noche los cubría ya, con su pesado echarpe de luto, como una vieja madre protectora. El barco avanzaba sobre la esférica superficie del mundo, sobre la ilimitada extensión del desierto acuático en cuyas orillas había surgido la vida tres mil millones de años atrás por un azar vertiginosamente improbable. Y ahora ellos dos, como la humanidad entera, apenas podían moverse en el reducido espacio de una sólida certeza repleta de miedo, de dolor y de ternura: la de estar vivos. Esa pequeña isla rodeada de misterio y de mortalidad por todas partes.

Agradecimientos

Escribí este libro durante la pandemia, uno de los mejores periodos de nuestra vida, pese a las difíciles circunstancias que atravesaban nuestro país y el mundo. Quiero, para no perder mi costumbre, dar las gracias a Amelia, quien después de tantos años sigue siendo la primera en leer todo lo que escribo, así como en darse cuenta de que mis pantalones de chándal ya están suficientemente desgastados. Gracias a su perspicacia psicológica, Adrián sube a cubierta lo bastante furioso —y por las razones precisas— como para acabar haciendo lo que hace, en un episodio crucial de la narración.

También debo agradecer a nuestros amigos Marian y Vicente su supervisión de los detalles náuticos de la novela. Los aciertos en este campo cabe atribuírselos enteramente a ellos; los errores son indiscutiblemente míos.